小学館文庫

相棒―劇場版II―

大石直紀
映画脚本／輿水泰弘　戸田山雅司

小学館

目次

「相棒―劇場版Ⅱ―」（脚本／輿水泰弘、戸田山雅司）より

相棒

-劇場版II-

プロローグ

──急がなければ。
磯村栄吾《いそむらえいご》は、ドアの前で薄暗い船室を振り返った。
壁際に積まれた箱の上で、ＬＥＤが点滅を繰り返している。信管とコードも見える。
箱の中身は明らかに爆薬だ。
船室の外から、自分を呼ぶ声とドアを叩《たた》く音が聞こえたが、栄吾は無視した。
床でのたうち回っている三人の男の上を飛び越えるようにして、奥の棚に向かう。
──あった！
棚には、目的のファイルが二冊重ねて置かれていた。
それを抱え、再びドアに向かおうとしたとき──、ピーッという電子音が響いた。
ぎょっとしながら、音のしたほうに首をひねる。
LEDは点滅を止めていた。
──爆発する。
栄吾は目を剝《む》いた。
最期の瞬間、鋭い閃光《せんこう》が両目を射貫《いぬ》いた。

第一章　籠城

1

空には、月も星も見えなかった。

あの夜と同じだ、と男は思った。

足を止め、目の前に聳《そび》える警視庁本部庁舎を見上げる。

これから自分がしようとしていることを考える。アドレナリンが全身を駆け巡るのを感じた。

興奮を抑えるため、男は大きく一度深呼吸し、唇を固く噛《か》み締めた。

庁舎に向かって、再びゆっくりと歩き始める。

アーミージャケットを身に着け、ミリタリーバッグをたすき掛けにしたごつい体格の男に、入り口カウンターにいた受付の女性は、マニュアル通りの笑顔を向けた。

無表情のまま受付の前まで進み、自分の名を名乗ると、男は、「総務部装備課主任の朝比奈圭子《あさひなけいこ》と面会の約束がある」と告げた。

受付の女性は警戒のかけらも見せず、すぐに内線電話で連絡が取られた。

ほどなく圭子が姿を現した。

二重で大きな瞳《ひとみ》と、すっきり通った鼻筋、形のいい唇――。濃いグレーのスーツにすらりとした長身を包み、ストレートの髪を肩まで垂らした圭子は、まるでモデルのように見える。

男の姿を見た圭子は、一瞬とまどったような様子を見せた。

それでも、求められるまま、圭子は入庁者用の書類に必要事項を記入した。

受付を離れると、二人は無言のままエレベーターに向かった。


「どうか、良い事件に当たりますように」

壁に祀《まつ》られた神棚に向かい、伊丹《いたみ》が両手を打ち合わせた。

三浦《みうら》、芹沢《せりざわ》他、勢ぞろいした捜査一課七係の刑事たちが、揃《そろ》って頭を下げる。

背後のテーブルには、ビールや日本酒などの飲み物や、係員手作りの簡単な料理と乾きモノの皿が並べられている。「在庁祝い」のためにささやかに設けられた宴席だ。

「在庁祝い」とは、担当した事件が解決したとき庁内で行なわれる、いわゆる「慰労会」のようなもの。神棚に手を合わせて事件の解決を報告し、次の事件もスムーズに捜査が運ぶよう祈ったあと、ささやかな宴会となる。

「よぉし、次こそは絶対俺の手でホシを挙げてやっからな」

この日の午後、一ヶ月の捜査を経てようやく殺人事件が解決したばかりだというのに、伊丹だけは早くも次に向けて気合を入れている。自分の手で犯人を逮捕出来なかったことがよほど悔しいらしい。

伊丹の様子を見ながら、三浦は呆《あき》れた顔で老眼鏡をずり上げた。芹沢は顔を背けてくすくす笑っている。

「なんだよ、お前ら」

「そう入れ込むなって」

三浦が伊丹の肩を叩《たた》く。

「犯罪なんて、起こらないほうがいいに決まってるんだから」

「そうそう。先輩、気楽にいきましょう」

おちゃらけた口調《くちょう》で芹沢が同調する。

「なんだ、てめえ！」

伊丹はその頭をこづいた。芹沢がすごすごと退散する。

「まったく、どいつもこいつも……」

すでに酒を注《つ》ぎ始めている刑事たちを見回すと、伊丹は眉間《みけん》に皺《しわ》を寄せて舌打ちした。

鑑識官の米沢守《よねざわまもる》は、警視庁庁舎の十三階に設置されている警信（警視庁職員信用組合）のATMを操作していた。

財布の中にはあと五百円しか残っていなかった。これでは晩飯代にもならない。引き出した金を取り出そうとしたとき、いきなり目の前に腕が突き出された。手には、ポスターのような紙を持っている。

驚いて首をひねると、見覚えのある男が立っていた。

「これは、陣川《じんかわ》警部補」

以前特命係に在任し、今は捜査一課の経理を担当している陣川公平《こうへい》だった。

「ああ、米沢さんでしたか」

米沢に笑顔を向けながら、陣川は手にしている紙をATM前の壁に貼《は》り始めた。

「いったい、これは何ですか？」

貼り紙に顔を近づけ、米沢が訊《き》く。

「こういう身近なところから犯罪の芽を摘むことこそ、警察官の本懐だと思いまして」

「しかし、これは……」

米沢は、眼鏡の奥の目を細めた。

『気をつけろ　急《せ》かす振り込み　詐欺かもよ』

そこに書かれているのは、明らかに振り込め詐欺を注意する標語だ。

「どうです、なかなかのものでしょ」

陣川は胸を張った。

「私の記憶が確かなら、ここは警視庁内部だったはずですが……」

「はい。その通りです」

だからなんなんだ、というように見つめる陣川に頭を下げると、米沢はすごすごとその場をあとにした。


「部長」

刑事部参事官の中園《なかぞの》が、さっきから落ち着きなく部屋の中を歩き回っている内村《うちむら》刑事部長に声をかけた。

「な、なんだ」

突然呼ばれ、内村は、つんのめるようにして立ち止まった。

「そろそろ定例の部長会議のお時間です」

「そうか。もうそんな時間か」

拳《こぶし》を握り締め、二度、三度と大きくうなずく。

窓ガラスに映った自分の顔を見つめながら、とうとう来るべきときが来たのだ、と内村は思った。緊張と興奮で、瞼《まぶた》の下がひくひくと痙攣《けいれん》した。

大きく一度深呼吸してから、中園に向き直る。

「噂《うわさ》だが、今日の議題は、重大かつ緊急な案件らしい」

淡々とした口調を心がけながら、内村は言った。

「ひょっとして、来期の人事に関して何か動きが？」

中園の言葉に思わず頬《ほお》が弛《ゆる》む。

「いよいよ俺も、次のステップかもな」

歓喜を抑え切れず、内村は破顔した。内村の出世が自分の昇進にも繋《つな》がると判《わか》っているからだろう、中園の表情にも喜色が浮かぶ。

「吉報、お待ちしております！」

深々と頭を下げる中園の前を大股《おおまた》で通り過ぎると、内村は、意気揚々と刑事部長室を後にした。


「暇か？」

特命係の部屋に、組織犯罪対策課の角田《かくた》課長が入って来た。

杉下右京《すぎしたうきょう》は、ちょうど紅茶を淹《い》れているところだった。ＣＤプレーヤーからは、クラシックが静かに流れている。

「あれ、あんたひとりかよ」

部屋を見回しながら角田が聞いた。

「そうです」

澄ました顔で右京が答える。

「神戸《かんべ》のやつは？」

「お稽古《けいこ》に呼ばれて行きました」

右京は、紅茶カップを手にソファに腰を下ろした。

「お稽古？」

自分はコーヒーサーバーに手をかけながら、角田が繰り返す。

「大河内《おおこうち》監察官と、高級ワインを賭《か》けて剣道の試合をするそうです」

「おいおい、警察官が賭けごとしていいのかよ。しかも、首席監察官自ら」

「さあ」

「さあ、って……」

角田が苦笑いを浮かべる。

「それにしても、なんだって監察官が特命係と……」

「まあ、監察官というのは、特命係とはまた違った意味で、友達が少ないでしょうからねえ」

「なるほど。庁内の嫌われ者同士で仲良くしようってわけか」

「さあ」

「さあ、って……、あんた」

角田は呆れた顔で右京を見た。右京は目を閉じ、音楽に身を委《ゆだ》ねている。

「やれやれ……」

ひとつため息を漏らすと、角田はカップを手に部屋を出て行った。


神戸尊《たける》は、大河内の手首に神経を集中していた。

大河内は、じりじりと間合いを詰めて来る。すり足で下がりながら、一瞬のチャンスをうかがう。

大河内の手首が動いた。

――よし！

この瞬間を待っていた。小手を狙《ねら》って繰り出された竹刀《しない》を払い、そのまま胴を打つ。

「一本！」

尊は、自ら宣言した。

「くそっ！」

大河内が悔しそうに声を上げる。

面を取って向かい合い、一礼すると、尊は大きく深呼吸した。

「それにしても……」

まだ悔しそうな顔をしている大河内に声をかける。

「稽古の相手ぐらい、他にいないんですか」

「監察官に友達がいると思うか」

不貞腐《ふてくさ》れたように答える。

「どうせ特命係は暇だし、いいですけど」

そこで尊は、にやりと笑った。

「でも、二本先に取ったのは俺ですから、忘れないでください」

「ワインは部屋に置いてある。取りに来い」

それだけ言うと、大河内は道場をあとにした。

――シャワーで汗を流してから、とっとと退庁し、今夜は部屋でおいしいワインをいただくとしよう。

弾んだ気分で、尊も立ち上がった。

2

男と圭子は、庁舎十七階にある喫茶室で向かい合って座っていた。

圭子の表情には、明らかに緊張が見て取れる。

「君にはすまないと思ってる」

ぽつりと、男が漏らした。

切羽詰まった様子で何かを訴えようとする圭子を制すると、男はアーミージャケットのポケットに手を突っ込んだ。そこに注意を向けるよう圭子に目で合図を送り、ポケットからわずかに手を引き出す。

圭子は凍りついた。男が握っていたのは拳銃だった。銃口が、ゆっくりと圭子に向く。

「もう、時間だ」

全く抑揚のない口調で、男は告げた。

すがるような目で見る圭子に立ち上がるよう指示し、自分はその背後にぴたりとつく。

喫茶室を出ると、二人は廊下を奥に進み、人荷用のエレベーターに乗り込んだ。

「じゃ、遠慮なくいただいていきます」

ドアを開けて廊下に出た尊は、にこやかな笑顔で部屋の中を振り返った。デスクについている大河内が、苦虫を噛み潰《つぶ》したような顔で、さっさと行け、というように手を振る。

廊下を歩き出しながら、尊は、手にしている細長い紙袋に目を落とした。中にはボルドーの最高級ワイン「パルトネール」が入っている。右京もお気に入りの銘柄で、しかもラベルには「一九八六年」とある。ヴィンテージの中でも当たり年だ。勝負に勝ってワインをせしめたことは右京には隠しておこうと思った。話したら横取りされかねない。

さらに廊下を進むと、先にある会議室に、警視総監の田丸寿三郎《たまるじゅさぶろう》と副総監の長谷川《はせがわ》宗男《むねお》が入って行くのが見えた。神経質そうな田丸と、見るからに温和な長谷川は、対照的な警視庁のツートップだ。

――二人が一緒に会議室に入ったということは……。

「御前会議か」

やれやれ、というように尊はつぶやいた。

ここ十一階にある第十一会議室では、毎週この時間に定例の幹部会議が開かれることになっている。見ると、各部の部長も次々に廊下をやって来ていた。

　エレベーターに行くには会議室の前を通らなければならないが、お偉方と顔を合わせるたびに挨拶《あいさつ》するのは面倒だ。しかたなく尊は、廊下を戻ったところにある人荷用のエレベーターを使うことにした。午後七時を回った今の時間なら、業者の荷物の搬入などもないはずだから、特命係のある三階まで直通で降りて行けるだろう。

　踵《きびす》を返して廊下を進み、角を曲がって、エレベーターの前に立つ。

　下行きのボタンを押しながら見上げると、階数表示のランプは、十四階で点滅を繰り返していた。なかなか降りて来ない。

　ようやく十三階に降りた。しかし、そこでもしばらく点滅を繰り返す。十二階も同じだった。

「なんだ、各駅停車かよ」

　ランプを見ながら、尊は思わず毒づいた。

　やっとのことで十二階の点滅が消え、エレベーターの到着を知らせる軽やかなチャイムが響くと同時に、ドアが開いたとき――。

　尊は目を見開いた。

　エレベーターの中で、男女が揉《も》み合っていたのだ。

尊に気づくと、男は目を逸《そ》らした。慌てた様子で女の背中を突き、エレベーターの外に押し出す。

二人と入れ替わりに尊が乗り込んだとき、わずかにポケットから出ていた男の手に握られているものが見えた。

——拳銃だ。

尊は女を見た。強張《こわば》った表情で顔を伏せている。

——男に脅されて、ここまで連れて来られたのか。

まず男に飛び掛かろうと身構えたが、よく鍛えられているのが一目でわかる身体《からだ》つきと、武装していること、人質がいることを考え、咄嗟《とっさ》に考えを変えた。

ワインの入った紙袋を捨てると、右手で「閉」のボタンを押し、左手を伸ばして女の腕を摑《つか》んで、エレベーターの中に引っ張り込んだ。バランスを崩し、女がエレベーターの中に転がり込む。

驚いて振り返った男の鼻先でドアが閉まる。尊は、すかさず十階のボタンを押した。

エレベーターが下降を始める。

「大丈夫？」

床から立ち上がった女に聞いた。

「はい」

顔を伏せたまま女が答える。

十階に着き、ドアが開くと、

「君は刑事部に連絡を」

そう言い残して、尊は廊下に飛び出した。

階段の前にさしかかったとき、けたたましい音を立てて非常ベルが鳴り始めた。

――これもさっきの男の仕業か？

階段を駆け上がりながら携帯を出し、登録番号を呼び出す。

相手はすぐに出た。

〈杉下です〉

「杉下さん、今どこですか？」

〈三階の部屋ですが、どうかしましたか？〉

十一階に着いた。

廊下を走る。

「拳銃を持った男を十一階で見ました！」

〈十一階？〉

「今、御前会議が始まったところです」

〈すぐに行きます〉

携帯が切れると同時に、銃声が響いた。

――会議室だ。

走りながら尊は舌打ちした。


十三階の廊下の角をまがった瞬間、米沢と陣川は、ぎょっとして足を止めた。すぐ先に煙が立ち込めている。

「こ、これは」

米沢が絶句する。

「火事、ですか？」

陣川は、呆然《ぼうぜん》とその場に立ち尽くした。

天井の煙感知器が作動し、非常ベルの音がけたたましく鳴り響き始めたかと思うと、スプリンクラーから水が吹き出した。

「大変なことになりましたな」

「大変なことになりました」

米沢と陣川は、眉《まゆ》をひそめながら顔を見合わせた。

〈本部庁舎内、十二階、十三階、十四階において、火災発生の一報あり。ただ今確認

中〉

六階にある捜査一課の部屋のスピーカーから、緊急事態を知らせるアナウンスが流れた。

「火事だとぉ？」

口にしていたピーナッツを吹き出しながら、伊丹が声を上げた。ごくりと音を立てて三浦が日本酒を飲み込み、芹沢は唐揚げを摘《つま》んでいた箸《はし》を宙で止めた。

それまで談笑していた刑事たちの顔が、笑ったまま固まったかと思うと、次の瞬間、部屋の中はハチの巣をつついたような騒ぎになった。情報確認のために何人かが同時に受話器を取り上げ、何人かはバタバタと廊下に飛び出した。

ちょうどその場に来ていた中園は、慌ててデスクに駆け寄った。

「十二階から十四階っていったら、人事か公安部ですよね」

芹沢が、横に立つ三浦に聞いた。

「ああ。でも、なんだってそんなとこで火事が……」

三浦が首を傾《かし》げる。

「おかしいな。刑事部長が出ない」

デスクの前で受話器を手にしたまま、中園が言った。

「部長は今どちらに？」

芹沢の問いに振り向くと、

「十一階の会議室で定例会議中のはずなんだが……。お前たち、ちょっと行って様子を見て来い」

目の前に立つ芹沢、三浦、伊丹の三人組に命じた。

「判りました」

伊丹が応《こた》え、他の二人と共に部屋を出る。

火災報知機が作動したために停《と》まってしまったエレベーター前を通り過ぎると、三人は非常階段を駆け上がった。

「神戸くん」

自分の名前を呼ぶ声に振り返ると、避難しようと階段に向かう職員たちを掻《か》き分けるようにして、右京がこっちに向かって来るところだった。

「拳銃を持った男は見つかりましたか？」

冷静な顔つきで、尊とその横に立つ二人の秘書官に訊《たず》ねる。

「おそらくこの中です。さっき銃声らしい音が一発」

「銃声……」

右京の顔が、わずかに歪《ゆが》んだ。

「中には田丸総監や長谷川副総監も……」

言いながら秘書官がノブに手をかけるが、ドアはびくともしない。

「中から鍵《かぎ》がかけられてるみたいです」

「今日は、定例の部長会議でしたね」

右京はドアに視線を向けた。

「出席されているのは、田丸警視総監の他、長谷川副総監と警察学校長、以下、全部長、総勢十二名……」


コの字形に伸びているテーブルの一番前方に、田丸警視総監が座っている。男はその背後に立ち、後頭部に拳銃を突きつけていた。

会議室にも火災のアナウンスは流れ、外の喧騒《けんそう》も伝わっている。出席者たちの間にざわめきが起きていた。

「静かにしろ」

左右に分かれて座っている十一人の幹部を睨《にら》みながら男は言った。

「携帯をテーブルの上に置いて、手を頭の後ろで組むんだ」

男の右手側には、長谷川副総監、原子《はらこ》公安部長、松下《まつした》通信部長、鈴木《すずき》地域部長、井《い》出《で》警備部長が。左手側には、内村刑事部長、寺門《てらかど》警察学校長、田中《たなか》総務部長、鶴岡《つるおか》交

通部長、三宅《みやけ》生活安全部長、川上《かわかみ》組織犯罪対策部長が座っている。命じられた通り、全員が自分の携帯を出してテーブルに置き、両手を頭の後ろで組んだ。

——この中に黒幕がいる。

改めて一人ずつに視線を向けた。

ある者は男を睨み返し、ある者は気弱そうに目を伏せる。

「では、用件に入らせてもらおう」

それまでうつむいていた三宅生活安全部長が、ハッと顔を上げると、いきなり、田丸総監の頭に銃口を押しつけながらそう言ったとき、廊下で怒鳴り声が聞こえた。

「おい、誰かいるのか！　おーい！」

外に向かって呼びかけた。

男は瞬時に反応した。銃口を天井に向け、発砲する。

三宅は頭を抱え、テーブルに突っ伏した。

「今度妙な真似《まね》したら、本当に撃つぞ」

そう宣言すると、男はドアに顔を向けた。

廊下をやって来た伊丹ら三人は、会議室前に右京と尊の姿を見つけると、揃ってうんざりした顔になった。

「また、先回りしてるし」

呆れたように芹沢が言う。伊丹は怒り心頭に発している様子だ。

「特命係が、なんだってこんなとこに！」

怒鳴り声に右京が眉を上げ、静かに、というように唇に人差し指をあてたとき、

「おい、誰かいるのか！　おーい！」

部屋の中から大声が聞こえた。

その直後、今度は銃声が轟《とどろ》く。会議室前にいた全員が首をすくめた。

「今のは警告だ。次は警視総監を撃つ！　それが嫌なら、誰もこの部屋に近づくな！」

明らかに犯人の声だ。

「マジかよ！」

伊丹が吐き捨てる。

「このフロアは閉鎖してください」

右京が、秘書官に向かって命じた。伊丹たちに顔を向ける。

「中園参事官に連絡を！」

「だけど、このままにしといていいんですか？」

芹沢が、右京と伊丹に交互に目を向けながら訊く。

「バカ、相手は拳銃を持ってるんだ。おいそれと踏み込むわけにいくか！」

「行くぞ！」

三浦が走り出した。伊丹、芹沢、二人の秘書官も慌ててあとに続く。

閉ざされたドアに一瞥《いちべつ》をくれると、右京と尊も、その場を離れて歩き出した。

3

「籠城《ろうじょう》事件？　隣でそんなことが起きるとはねえ」

金子《かねこ》警察庁長官が、デスクの向こうに立つ小野田《おのだ》官房室長に、のんびりした口調で話しかけた。

「十二名の人質の中には、田丸総監も含まれているようです」

やはり、他人事《ひとごと》のような口ぶりで小野田は言葉を返した。

「で、犯人の要求は何なんだね」

「まだ詳細は……」

「失礼ですが」

そこで、小野田の後ろに控えた、官房室長直属の部下である丸山《まるやま》が口を挟んだ。

「首相官邸に一刻も早く連絡を取り、指示を仰がなくてもよろしいのでしょうか」

テロと疑われる事件が発生した場合は、即座に首相官邸に一報を入れることになっている。

「ま、そう急ぐ必要もないだろ」

そう答えると、金子は椅子《いす》に座ったまま両腕を伸ばし、ストレッチ体操を始めた。

小野田は、丸山に向かって微笑《ほほえ》んだ。

「慌てふためいて首相官邸に連絡を入れたって、『庁内で起きたことは庁内でケリをつけろ』、そう言われるのがオチですからね。首相やその周りにいる人たちはみなさん忙しいだろうし、何より責任を負いたくないでしょうからねえ。もっとも、事後報告になると、余計に面倒でしょうから、一応報告だけは入れておいてね」

「はい」

ホッとしたような顔で一礼すると、丸山は長官室を出て行った。

ストレッチを終えた金子が、小さくため息をつく。

「とはいえ、早急に事態を収拾する必要はあるだろうな。最悪でも今夜中には」

「そうは言っても、まさか警視庁が所轄に応援を求めるわけにもいかないでしょう。そんなことをすれば、警視庁の面子《メンツ》は潰れるし、ただでさえ人手不足の所轄からは文句が出そうだし……。ここは、もう少し様子を見たほうが……」

「そうだな。そうするか」

欠伸《あくび》を噛み殺しながら、金子が応える。

小野田は窓に目をやった。

ここ中央合同庁舎の十九階から実際に見ることは出来ないが、小野田の頭の中には、隣に聳える警視庁の巨大な庁舎が、くっきりと浮かび上がっていた。

――今頃杉下右京も、庁舎の中を走り回っているかも。

その姿を想像し、小野田は唇の端に薄い笑みを浮かべた。

4

警視庁庁舎十七階に設けられた総合警備指揮所は、慌ただしさを増していた。刑事部、警備部、公安部、それぞれの捜査員がひっきりなしにやって来ては、必要な資材を運び込んでいる。

右京と尊は、邪魔にならないように壁際に立ち、その様子を見守っていた。

そこに米沢と陣川がやって来た。右京たちを見つけると軽く一礼し、奥のデスクの前で腕組みしている中園参事官の許《もと》に歩み寄る。周りには伊丹他捜査一課の刑事たちも集まっている。

「参事官、十三階の廊下で見つけました」

陣川が、手にしていた発煙筒を差し出した。

「シンプルな時限発火装置付きの発煙筒です」

米沢が説明する。

「十二階にも、同じ物が落ちてました」

後ろから来た捜査員が、手にしている発煙筒を掲げた。

「こっちは十四階です」

別の捜査員が続ける。

「全《すべ》て同じ物ですな」

一瞥しただけで、米沢が断言した。

尊は、エレベーターがなかなか降りて来なかったことを思い出していた。

——あれは、十四階から十二階までの各階に、発煙筒を仕掛けていたからだったのか。

「籠城野郎、火事騒ぎを起こして、そのスキに会議室に飛び込んだわけか」

伊丹が苦い顔で吐き捨てた。

「いったい何が起きようとしてるんでしょう」

ひそひそ声で、陣川が米沢に訊く。

「あえて言葉にするならば、『警視庁史上最大最悪の人質籠城事件』といったところでしょうか」

したり顔で米沢が答えた。

そこに、警備一課長の飯島《いいじま》がやって来た。

「在庁中の第三機動隊に配備命令をかけました。刑事部特殊班と合わせた両部隊の指揮は参事官に一任します」

中園は、周りにいる捜査員を怯《おび》えた顔で見回した。

「私に緊急対策本部の指揮を執れってことか？」

「当然でしょう」

飯島が眉間に皺を寄せる。

「現状では、今や中園参事官が実質的なトップなんですから」

「しかし、人質となっているのは、総監、副総監以下、各部の部長全員だぞ。万が一失敗でもしようものなら……」

「ええ」

上目遣いに中園を見つめると、飯島は意味深な顔つきでうなずいた。

「心してください、参事官殿」

ごくり、と音を立てて中園は唾《つば》を呑《の》み込んだ。

「老婆心ながらひと言」

そこに歩み寄りながら、右京が声をかける。

「強行突入は最後の手段です。くれぐれも早まった真似は避けてください」

「なに？」

「解決を急ぐあまり、肝心な人質の命が脅かされるようなことは決してあってはならないのですから」

「そんなこと、お前に言われなくても判ってる！」

額に青筋を立てながら、中園は怒鳴った。

尊は首を傾げた。確かに、そんなことは指摘するまでもないことだ。ましてや、警視庁幹部の誰かが死傷しようものなら、中園の首も危なくなる。それをあえて念押しするということは――。

――杉下さんは、何か籠城事件に関係したトラウマでも持っているのだろうか。

「特命係に用はない。出て行け！」

当たり前のことを、天敵ともいうべき右京に言われたことで、中園は完全にキレたようだ。真っ直《ま》ぐ《す》ドアを指差して命じた。

右京と尊が背を向け、歩き始めたとき、デスクの上の電話が鳴った。

怒りの勢いそのままに、中園が受話器を取り上げる。

「なんだ！」

大声を上げた直後、その顔が固まった。

「あっ、これは小野田官房長……」

直立不動の姿勢で、中園は受話器を握り直した。

小野田は、正式な役職名は「警察庁官房室長」だが、付き合いのある政治家などから親しみを込めて「官房長」と呼ばれているうちに、警視庁でもその呼び方が定着していた。

小野田の声にじっと耳を傾けている中園の姿を見ながら、右京と尊は廊下に出た。

防弾チョッキにヘルメットを被《かぶ》り、黒い制服に身を包んだ、刑事部特殊班（ＳＩＴ）の班員たちが、廊下の先から走って来た。脇によける右京と尊の目の前を走り抜け、総合警備指揮所のドアを開ける。

「ＳＩＴと機動隊のダブル投入ですか……」

なんとも物々しいことになったものだ、と尊は思った。

歩きながら、右京は携帯を取り出した。

「どこに連絡を？」

それには答えず、登録番号を呼び出す。

「もしもし、米沢さんですか。ちょっとお願いしたいことがあります」

——また始まった。

涼しげな右京の横顔を見ながら、尊は小さく息をついた。

5

「女性職員を籠城犯から引き離したのは賢明な判断だと思います」

排煙用の窓を開けながら、右京が言った。

「ですが、名前や所属を聞いておかなかったのは明らかな失敗ですね」

窓の外に顔を突き出し、下を見る。

「あの場合、犯人を追いかけるのを優先すべきだと判断したまでです」

ムッとしながら反論すると、尊は、首をひっこめた右京に代わって下を覗《のぞ》いた。

「その女性を見つけられれば、もっと楽に犯人に関する情報が手に入るのですがねえ」

——しつこいな。

少々うんざりしながら、

「それはどうも、すみませんでした」

　窓の外に顔を出したまま、尊は謝った。

　今いるのは、十二階にある、第十一会議室の真上の部屋だった。人事部が備品倉庫のようにして使っている部屋で、通常人はいない。ここから十一階の窓の前に下り、中の様子をうかがおうというのが右京の計画だ。

　勝手な行動をとるのは控えたほうがいいのではないかと、尊はやんわりと諭したのだが、案の定右京は聞く耳を持たなかった。

「杉下警部、持って参りました」

　尊が窓から首を引っ込めたとき、米沢と陣川が、緩降機とロープを持って部屋に入って来た。

「無理な注文を聞いていただき、ありがとうございます」

　二人に向かって右京が頭を下げる。

「なんのなんの」

　米沢は楽しげに笑った。

「早速、セッティングいたしましょう」

「はい！」

　やや興奮気味の陣川が応える。

「手伝います」

尊も二人に歩み寄った。

「ご挨拶が遅れまして」

突然、陣川が直立不動の姿勢をとった。

「捜査一課一係の陣川と申します」

言いながら一礼する。やや戸惑いながら、

「ああ、こんなときにご丁寧に……神戸です」

尊も挨拶を返した。

「僕のほうが、一応、特命係の先輩ですから」

念を押すようにそれだけ言うと、陣川は米沢の手伝いを始めた。おかしな奴だな、と思いながら、尊もそれに加わる。

セッティングはすぐに完了した。

「出来ました」

米沢が、窓の下をうかがっていた右京に向かって言った。

「ＳＩＴから無断拝借した物ですから、強度は保証付きです」

「では、早速」

右京が上着を脱ぎ始める。

「えっ、杉下さんが行くんですか？」

驚く尊を尻目に、

「いけませんか？」

ハーネスを身に着けながら、右京が問い返した。

若い自分が行かされるものと勝手に思い込んでいた。

――杉下さんには、いつも予想を裏切られる。

苦笑しながら、尊は、さっさと窓に歩み寄る右京を目で追った。


男は苛立《いらだ》ち始めていた。

簡単にはいかないと思っていたが、警視総監に銃口を突きつけてもなお、誰も白状しようとしない。

――上官の命がどうなろうと、知ったことではないというわけか。

男は歯軋《はぎし》りした。

――それでも、全てがはっきりするまで籠城をやめるわけにはいかない。これが最後の手段なのだ。

「いい加減、自分から名乗り出たらどうだ！」

男は、自分の右手側に座った五人に視線を向けた。しかし五人は、目を逸らしたまま、何も応えない。

「この中にいるのは判ってるんだ！」

今度は左の六人を見る。やはり誰もが口を閉ざしている。

――こうなったら持久戦だ。

男は覚悟を決めた。いざとなったら何人か痛めつけて白状させるしかない、と思った。

そのとき、ふと何か違和感を感じ、窓に目を向けた。ロープが垂れ下がっている。

もちろん、さっきまではなかったものだ。

すると、上から人が降りて来た。会議室にいた全員が窓に視線を向け、驚きに目を見開く。

「杉下」

内村刑事部長が、呆然としながら口走った。

ポーカーフェイスのまま素早く室内を見回すと、右京は、手にしていたデジカメのシャッターを切った。

「くそっ！」

銃口を向けながら、男が窓に近づく。

しかし、すでに右京は上昇を始めていた。あっという間にその姿が窓の前から消える。

「なめた真似しやがって！」

窓に張り付くと、男は上を見ながら吐き捨てた。


尊と米沢、陣川は、ロープをたぐって右京を引き上げた。

右京が窓から部屋に戻る。

「ご苦労様です」

米沢が声をかけた。

「よくぞご無事で」

陣川は感極まっている様子だ。

「ちょっと無茶が過ぎませんか？」

尊はあきれ顔だ。

「会議室の窓は嵌《は》め殺しの防弾ガラスです」

装備を外しながら、淡々とした口調で右京が説明する。

「なおかつ、威嚇射撃をする人間は、えてして本気で撃つ意志がない場合が多い。それを計算した上での行動です」

「また始まった」

——人を煙に巻く右京理論。

「はい？」

右京が首を傾げる。

「いえ。何でもありません」

尊は愛想笑いを返した。

6

右京を先頭に、尊、米沢、陣川が総合警備指揮所に入って行ったとき、中園は周りに当たり散らしていた。

「いったいどうなってるんだ！」

顔を真っ赤にしながら怒鳴り声を上げる。

「内部の様子がわからないことには、手の打ちようがないじゃないか！」

薄くなった頭を掻《か》き毟《むし》る。

「交渉のほうはどうなってるんだ」

突然思いついたかのように、横に立つ飯島警備一課長に訊ねた。

「駄目です。内線電話をかけていますが、応答ありません」

「いったい、何が狙いなんだ。たったひとりで籠城して、おまけに何も要求しないいってのはどういうつもりだ！」

中園はデスクを拳で殴りつけた。

「参事官」

右京が呼びかけて初めて、中園は異分子が部屋に紛れ込んでいることに気づいた。

「杉下、またお前たちか」

うんざりしたように顔を歪める。

「会議室内の写真が撮れましたので、お持ちしました」

「なに？」

「大至急分析を」

「私が」

米沢が前に進み出た。

「パソコンをお借りします」

右京からデジカメを受け取り、目の前のデスクに置かれたパソコンに向かう。中園と飯島が米沢の背後に立った。

ほどなく、会議室内の様子がパソコンの画面に映し出された。

拳銃を手にした三十代半ばくらいの男が一人、田丸警視総監の背後に立っている。その他に室内にいるのは、十二人の幹部だけだ。いずれも着席し、頭の後ろで両手を組んでいる。

「立て籠《こ》もっているのは一名。拳銃はリボルバー。侵入の際に一発、先程二発目を撃っていますので、残りの弾は最大四発。むろん予備の弾を所持している可能性はありますが……」

「待て」

米沢の説明を遮り、中園が右京を振り返る。

「誰が余計な真似をしろと言った！」

「失礼しました」

「とっとと出て行け！」

——やれやれ。

尊はため息をついた。こうなることはわかっていた。命じられてもいないのに事件に首を突っ込み、自分流のやり方でさっさと捜査を進める特命係は、ガチガチの縦割り組織である警察の中では異端中の異端だ。典型的「組織人」の中園には我慢ならない存在だろう。

本来なら警視総監ものなのに、これで事件が解決しても、全ての手柄は中園に持っていかれてしまう。

——ま、杉下さんはそんなこと、気にもしないだろうが。

中園に向かって軽く頭を下げると、右京は踵を返した。尊もそれに倣《なら》う。

しかし、数歩行きかけたところで、右京は立ち止まった。

「それから、もうひとつ」

振り向き、中園に声をかける。

「そのカメラは僕の私物ですから、後ほど……」

「ゴミ箱に放《ほう》り込んどいてやる。夢の島へでも探しに行け！」

「わかりました」

顔色を変えずに再び軽く頭を下げると、右京は歩き出した。

しかし、数歩進んだところで、

「ヒットしました！」

米沢が、右京と尊にも聞こえるようにだろう、大きな声を上げた。

二人が同時に足を止め、振り返る。

どうやら、取り込んだばかりの犯人の顔を、警視庁のデータベースに登録してある人間の顔と照合したらしい。

さすが米沢、ぬかりがない。

――それがヒットしたということは……。

「前歴者か？」

中園が訊いた。

「前歴者ではありません」

米沢の声は緊張している。

「警視庁のＯＢのようです」

「八重樫哲也《やえがしてつや》、三十六歳、元巡査部長。平成十六年に警視庁を依願退職……」

陣川が、パソコンに出た八重樫に関するデータを読み始めた。もちろん右京と尊に聞かせるためだ。

「やはり、懲戒対象でしたか」

いつの間にか、監察官の大河内が部屋に入って来ていた。右京と尊には目もくれず、中園の前まで進み出る。

「やはり？」

中園が怪訝《けげん》な顔で大河内を見た。

「定例会議の日時と場所を知っていたとすれば、退職者の可能性は高く、なおかつ籠城の動機が仮に怨恨《えんこん》だとすれば、円満退職はしていない。そう思って絞り込んでいたところです。リストにも名前が……」

「貴様ら、まだいたのか」

そこで中園は、右京と尊に気づいた。

「早く出てけ！」

声を張り上げ、命令する。

大河内が苦笑いを向けた。尊が肩をすくめてそれに応える。

「行きましょうか。ここにはもう用はありません」

声をひそめて言うと、右京は先に歩き出した。

「どこへ行くんです？」

「一階です」

それだけ答えると、右京は足早に廊下を進んだ。


「内線電話だ」

右京たちの姿が消えたことを確かめると、中園が飯島に向かって手を差し出した。

「今度は私がかける。ヘッドセットをよこせ」

わずかに不満げな表情を浮かべたが、飯島は素直に自分のヘッドセットを渡し、デスクの上の内線電話を操作して第十一会議室に繫いだ。

呼び出し音が鳴るか鳴らないかのうちに、荒々しく受話器が取り上げられたかと思

うと、

〈ふざけた真似をしてくれたな〉

犯人らしい男の声が、モニター用スピーカーから聞こえた。

「あっ、出た……」

今まで一度も電話に出なかった犯人が、いきなり応えるとは思っていなかったのだろう、驚いて身体をのけ反らせると、中園はすがるような目で飯島を見た。

飯島が舌打ちし、中園からヘッドセットを奪い返す。

「八重樫哲也、元巡査部長だな」

大河内から受け取った人事記録に目を落としながら言った。

返事はない。

「要求は何だ」

〈俺が欲しいのは時間だ。このまま放っておいてくれ〉

「バカを言うな！　放っておくわけには……」

そこで電話は切れた。

棒のように立ち尽くす中園は無視し、飯島は特殊班の班長を呼んだ。

完全防備のユニフォームに身を包んだＳＩＴの班長岡安《おかやす》が、すぐに飯島の許に駆け寄る。

「配備は？」

「十一階廊下、籠城現場前、廊下南側、防火シャッター前にそれぞれ配置していま
す」

「第三機動隊のほうは？」

飯島は、傍らに控えていた機動隊長の梅津《うめづ》に声をかけた。

「同じく、籠城現場前、廊下北側に配置完了です」

「強行突入をお考えですか？」

大河内が割り込んだ。

「警視庁に立て籠もった犯人が、元警視庁の人間だなんて、いい恥さらしです。外に
漏れる前にケリをつけないと」

飯島は不敵な笑みを浮かべた。

十七階から一階まで一気に駆け降りると、尊は腰に手をあてて深呼吸した。
火災が起きていないことはすでにわかっているのに、エレベーターはいまだに復旧
していない。
——都民の安全を守る警視庁が、ここまで緊急事態に弱いとは。
呆れるのを通り越して笑うしかない。

さすがの右京もいくらか息を乱していた。それでもポーカーフェイスは崩さず、しっかりとした足取りで受付カウンターに向かう。

身分を名乗ると、右京は、入庁者用の書類を見せてもらいたいと告げた。

「こちらです」

いくらか訝《いぶか》しげな表情になりながらも、受付の女性は書類を差し出した。すぐに右京が、真剣な顔つきで目を落とす。

「籠城犯は、ここから正々堂々と入って来たと思ってるんですか?」

横から書類を覗き込みながら、尊が訊いた。

「ええ。現役職員の入庁許可さえあれば、どんな人間でも自由に入れますからね」

「そのために彼女を使ったということですね」

尊は、助けた女の姿を思い浮かべた。すらりと背が高く、長い黒髪の、清楚《せいそ》な美人だった。

「ありました」

右京が、書類の右上に書かれた名前を指で叩く。

「八重樫哲也。入庁許可のサインをしたのは、この女性です」

「総務部装備課主任、朝比奈圭子」

尊は右京を見た。

「八重樫とどういう関係なんでしょう」

「確かめに行きましょう」

受付の女性に礼を言うと、右京はさっさと受付を離れた。慌てて尊が後を追う。

「総務部は十階でしたね」

右京が確認した。

「そうみたいです」

いったいあとどれだけ階段を上ったり降りたりしなければならないのだろう、とうんざりしながら尊は思った。


「航空隊ヘリ、スタンバイ完了しました」

落ち着かない様子で歩き回っている中園に、飯島が報告した。

「どうするつもりだ」

「ヘリが投光機を室内に向けると同時に、ＳＩＴと機動隊が突入します。今からなら九時ちょうどに作戦を開始できます。ご決断を」

「わ、わかった」

中園は唇を真一文字に引き結び、深くうなずいた。

「いいんですね」

「突入だ！」

半ばヤケクソのようにして、中園は声を上げた。

「ＳＩＴ並びに第三機動隊、突入準備！」

飯島は、岡安、梅津に指示した。

「はっ！」

二人が部屋を走り出る。

「飛行センター、ヘリ、出動！」

今度は、無線に向かって命令した。

7

庁舎十階にある総務部装備課も、慌ただしさを増していた。総合警備指揮所をはじめ、ＳＩＴや機動隊から使用請求される機材や装備について書類にまとめ、そのいちいちについて許可証を発行しなければならないのだ。

殺気だった様子で行き交う課員たちの間を擦り抜けるようにして、右京と尊は朝比奈圭子のデスクに向かった。

「特殊銃の使用許可書、大至急、地下四階に届けて」

圭子が、近くにいた課員に指示する。すぐに別の書類の処理に取りかかろうとして、近づいて来る右京に気づいた。

「朝比奈圭子さんですね。少々おうかがいしたいことが」

デスクから右京を見上げ、その後ろに尊の姿を見つけた圭子は、あっ、と小さく声を上げた。

「どうも」

軽く頭を下げると、尊は右京の横に立った。

「刑事部の聴取は？」

笑みを浮かべながら訊く。

「緊急対策本部には口頭で報告を入れました。非常時ですから、自分の任務を優先すべきだと判断しました」

「なるほど」

尊が肩をすくめる。

「時間がありません。端的におうかがいします」

周りの喧騒を避けるように、右京が身を乗り出す。

「あなたと八重樫哲也の関係は？」

「警察学校で同期でした」

圭子は、言いながらわずかに眉をひそめた。

「でも、警視庁に入ってからはほとんど交流はなくて、それが今日の夕方、突然」

「あなたを訪ねて、受付に呼び出したのですね？」

「はい。話がしたい、と言うので、十七階の喫茶室に……」

「そこでは、どんな話を？」

「それが、席についても何も話そうとせず、様子がおかしいので、席を立とうとしたら、いきなり拳銃を」

「あなたを脅して、一緒にエレベーターで十一階まで降りて行ったのですね」

「はい。途中の階で何度か停まって、発煙筒のような物を廊下に投げて……、十一階に着いたときに」

圭子は尊に目を向けた。

「彼に遭遇して、難を逃れたわけですか」

「はい。助かりました。ありがとうございます」

頭を下げる。

「八重樫が、警視総監や部長たちを人質にして籠城したことに関して、何か心当たりはありませんか？」

右京の質問に、圭子は目を伏せた。話そうかどうか迷っているように見えた。しかし、ようやく顔を上げたとき、突然圭子の表情が強張った。

その視線を追って、右京と尊が窓に目を向ける。

ヘリコプターが近づいていた。間違いなく、警察ヘリだ。

右京の肩が震えた。怒っているのだ、と尊は察した。

「早まったことを！」

顔をしかめ、吐き捨てると、右京はいきなり駆け出した。

呆然とした表情で窓の外を見つめる圭子を残し、尊も右京の後を追った。


コッ、コッ、ドン――、コッ、コッ――。

誰かが貧乏ゆすりをしている。テーブルの脚を蹴《け》ったり、床を踏んだり、落ちつかない。

内村刑事部長は舌打ちした。事態が膠着《こうちゃく》していることに、幹部たちはみな苛立ち、焦《じ》れている。

そんな中、不規則に響く音は、さらに神経を逆なでする。

特に内村は、さっきからずっと、貧乏ゆすりをしている人物を殴り倒したい衝動にかられていた。

コツコツ、ドンドン、コッ――。

昇進の話だと期待に胸を膨らませて会議に臨んだのに、今の事態はまさに「青天の霹靂《へきれき》」以外の何物でもない。ただでさえ苛々《いらいら》が募っているのに、この音のせいですでに忍耐は限界に近づいていていた。

今自分が銃を握っていたら貧乏ゆすり男と籠城犯を続けて射殺してしまうかもしれない、と内村は思った。

「いい加減名乗り出たらどうだ！」

犯人が声を張り上げた。

「この中にいるのはわかってるんだ！　名乗り出なければ、一人ずつ殺していく」

冗談じゃない、と内村は思った。自分は何も関係ないのだ。トバッチリを受けてはかなわない。

――早く名乗り出ろ。

そう心の中で叫んだとき、微《かす》かにヘリの音が聞こえてきた。十二人の人質全員が、手を頭の後ろに組んだまま窓に顔を向ける。

田丸総監の背後に立つ犯人も、窓に向け首をひねった。

「全隊員ならびに全班員に告ぐ。強行突入、六十秒前」

マイクに向かって飯島が言った。

側《そば》では、中園がハンカチで額の汗を拭《ぬぐ》っている。大河内は腕を組んだまま微動だにしない。

飯島は腕時計に目を落とした。

静まり返った部屋に、秒針の進む音が聞こえるようだ。全ての人間が息を詰め、飯島を見つめている。

時計に目を向けたまま、飯島がマイクに顔を近づけた。

「消灯！」

イヤホンでその声を聞いたＳＩＴ班員が、すかさずブレーカーをオフにする。

同時に、第十一会議室の照明が消えた。

天井の照明が消えた瞬間、人質の間でどよめきが起こった。

「動くな！　静かにしろ！」

声を張り上げて命じながらも、八重樫は動揺していた。強行突入してくるのは明らかだ。

――早過ぎる。

八重樫は奥歯を嚙み締めた。

ヘリの音はどんどん近づいて来る。窓に目を向けると、プロペラが見えた。窓の下から、その機体が徐々に姿を現し始めている。下方から、ビルの壁面に沿って上昇して来たのだ。

機内に大型の投光機が搭載されているのが見えたとき、会議室の中で苦しげな呻《うめ》き声が聞こえた。右側中ほどの席からだった。しかし、明かりがないため、誰の声なのかまではわからない。

——あまりの緊張で、誰かが体調を崩したのか。

八重樫は舌打ちした。人質は初老の男ばかりだ。当然持病を抱えている者もいる。しかし、ここで倒れられるわけにはいかない。

どうすべきか、迷っている間に派手な音が響いた。誰かが椅子から転げ落ちたのだ。

「動くな！」

思わずそう叫び、音のしたほうに駆け寄る。

床に崩れ落ちている人影の前に立ったとき、すぐ側に座っていた別の人影が動いた。

銃口を向ける間もなく組みつかれ、床に引きずり倒される。はずみで拳銃が暴発し、天井に着弾した。

〈銃声！〉

総合警備指揮所のスピーカーから、緊迫した声が響いた。会議室の前で待機している、ＳＩＴの班長岡安の声だ。

「何があった。報告しろ！」

上ずった声で中園が叫ぶ。

それを、飯島は完全に無視した。

「作戦続行！」

マイクに向かって強い口調で告げる。

デスクに置かれたパソコンの画面には、ヘリからの映像が映し出されている。今その映像は、真っ暗になった第十一会議室内部を捉《とら》えていた。

「点灯！」

飯島が命じると同時に、ヘリの投光機から光が発せられた。

会議室が眩《まばゆ》い閃光《せんこう》に包まれる。

「なんだ、これは」

中園が声を上げた。

画面には、床に折り重なるようにして揉み合っている、複数の人間の姿が映し出されていた。

床に倒されたあと、八重樫は、次々に人質にのしかかられ、身体の自由を奪われた。必死にもがくが、いくつもの手に押さえつけられ、全く動くことが出来ない。

——失敗か。

目を閉じ、唇を噛んだ。このまま身柄が拘束されることを覚悟した。

八重樫は抵抗をやめ、身体の力を抜いた。

すると突然、喉《のど》が圧迫された。肩から下げているバッグのベルトが首に巻きつけられ、誰かがそれを引き絞っているのだ。同時に、拳銃を持つ右手首が摑まれた。そのまま凄《すご》い力でねじられ、銃口を自分の身体に向けられる。その位置が、じりじりと左胸に移動していく。

——誰かが俺を殺そうとしている。

八重樫は目を剝《む》いた。しかし、暗闇の中、自分の上に重なっている人質たちの顔は見えない。

そのとき、いきなり眩い光が差し込んだ。ヘリの投光機だ、とすぐにわかった。

あまりの眩《まぶ》しさに一瞬目を閉じたが、すぐに見開く。

会議室は光で満ちていた。今は自分の身体の上に折り重なっている人質の顔もはっきりわかる。

自分の目の前にいる男が、唇を歪めて笑った。それは、悪魔の笑みに見えた。

――こいつが黒幕か。

叫ぼうと口を開いたが、ベルトで喉を絞められているため、声が出ない。銃口はすでに左胸に押しつけられている。

「バカが」

悪魔のつぶやきが耳に届く。

次の瞬間、銃声と同時に、鋭い衝撃が左胸を貫いた。

8

〈銃声！〉

スピーカーから響く声に、中園は悲鳴を上げた。

「な、なんだ、どうなってる！　誰が撃たれたんだ！」

おろおろと周りの捜査員を見回す。

大河内は、食い入るようにパソコンの画面に目を向けている。

わずかにたじろいだ気配を見せたが、飯島はすぐにマイクを握り、

「突入！」

決然とした口調で命じた。

〈突入！〉

岡安が繰り返す。

パソコンの画面に、会議室のドアが破られる様子が映し出された。

右京と尊は、機動隊員によって行く手を阻まれていた。

目の前で機動隊とＳＩＴの部隊が動き出し、ドアを破って室内になだれ込んだ。その最後尾から、二人も会議室前に向かう。

軽機関銃を構えながらドアの内側に入ったＳＩＴ班員は、犯人の姿を探して室内に展開した。

三宅、鶴岡、田中、川上の各部長は、震えながら手を挙げていた。

寺門と田丸は、テーブルの下に潜り込んでいた。

それ以外の人質――、松下、内村、井出、鈴木、原子、長谷川は、床に折り重なっていた。

「ホシは一番下だ。確保しろ！」

鈴木地域部長が、ＳＩＴの班長、岡安に向かって命じた。

折り重なっている一番下に、アーミージャケットを身に着けた男の姿が見える。

「籠城犯発見！　動くな！」

突入したSIT全員が、人の山に銃口を向けた。

「人質を退避させろ！」

SITの後ろから室内に入った機動隊員が、テーブルの下から田丸を助け出した。

「総監を救出。ご無事です！」

床に重なり合っている幹部たちも、次々に助け起こされた。内村は鼻血を出している。八重樫は倒れたままだ。

岡安は、ぴくりとも動かない八重樫の横にひざまずいた。右手で銃を構えたまま、左手で首に触れてみる。

〈何があった！　報告しろ！〉

無線から、中園の金切り声が聞こえた。

「制圧完了、人質は十二名無事」

岡安は、血まみれになっている八重樫の左胸に目を向けた。

「籠城犯は……、心肺停止」

「救急車を！」

立ったまま見下ろしていた梅津が、隊員に命じた。

右京と尊は、ドアの前に立ち、その様子を見つめていた。

尊は、そっと右京の様子をうかがった。

顔色は変わっていないものの、その燃えるような目の色から、激しい怒りに震えているのがわかった。

第二章　隠 蔽

1

「ようやく片がついたようです」

小野田官房室長が、デスクの向こうの金子警察庁長官に報告した。半歩後ろには、影のようにして丸山が付き従っている。

「さすがに、日本の警察は優秀だな」

金子は、口許《くちもと》に笑みを浮かべた。

「ただ、犯人を射殺ともなれば、多少はマスコミが騒ぐかもしれないが」

「御心配は無用でしょう。警視庁には、マスコミ対策でも優秀な人間はいますから。それと、瓢簞《ひょうたん》から駒《こま》とでも言えばいいのでしょうか」

小野田は、ＳＤカードを差し出した。

「これは？」

「籠城《ろうじょう》事件の間に、面白いことがわかりまして……」

「何をしたんだ？」

小野田は薄く笑った。

「それは、まあ、知らぬが仏、というところでしょうか」

「相変わらずだな、君は」

「長官のご意向に、かなり役立つかと」

「ほう」

金子は、手にしたSDカードをしげしげと眺めた。

2

第十一会議室では、伊丹たち捜査一課七係と、米沢ら鑑識官が、現場検証を始めていた。

床にはまだ八重樫の死体がある。

「良い事件に当たれって、あんだけ手ぇ合わせたのに」

天井の銃痕《じゅうこん》に目を向けながら、伊丹がぼやいた。

「犯人が死んでるんじゃ、逮捕も出来ませんしね」

横に立つ芹沢が、つられて顔を上げる。

「おい、またかよ」

うんざりしたように三浦が言った。

伊丹と芹沢が振り向くと、右京が死体の上に屈《かが》み込んでいた。尊は、顔を背けるようにしてその後ろに立っている。

「ここに傷がありますね」

右京は、八重樫の首筋を指差した。帯状の鬱血《うっけつ》痕がある。

ちらと見ただけで、尊は目を逸《そ》らした。死体は苦手なのだ。

「バッグのベルトの痕《あと》じゃないですか」

そっぽを向いて言う。

伊丹たち三人が、二人の間に割って入った。

「もうよろしいですか？　警部殿に警部補殿」

「これは失敬」

右京が立ち上がる。

「行きましょうか」

尊に声をかけると、踵《きびす》を返して歩き始めた。

死体のある場所から遠ざかれることで、ほっと胸をなでおろしながら、尊が続く。

「おかしいですねえ」

歩きながら、ひとり言のように右京が漏らした。

「何がです」

「いろんなことがです。今度の事件には腑《ふ》に落ちないことが多過ぎます」

「同感です」

確かにその通りだ、と尊も思った。

籠城自体の目的も不明だし、人質を取ったにも拘《かかわ》らず、八重樫は一切交渉に応じず、何の要求もしなかった。

「今、人質のみなさんは？」

立ち止まると、右京が訊《き》いた。

「多分、大河内監察官が事情聴取してるんじゃないですか。人質の中の誰かが、犯人を射殺したのは間違いないんですから」

「そうですね」

また歩き出す。

「何か判《わか》ればいいのですがね」

あまり期待していないような口ぶりで、右京はつぶやいた。

「まことにお疲れさまでした」

神妙な顔でそう言うと、中園は深々と一礼した。

「何より、皆様の無事な生還を心よりお喜び申し上げます」

総合警備指揮所には、人質となった幹部全員が集められていた。思い思いに腰を下ろしている幹部たちの前には、中園と大河内が立っている。

「挨拶《あいさつ》はいい。聴取なら早くすませろ」

ティッシュで鼻血を拭《ふ》き取りながら、内村が口を挟んだ。

「では、単刀直入におうかがいします」

デスクの上に身を乗り出すと、大河内は全員を見回した。

「籠城犯の八重樫哲也を撃ったのはどなたでしょう」

「正直、判らないんだよ」

まず、松下通信部長が口を開いた。

「判らない？」

「考えてもみたまえ」

今度は鈴木地域部長だ。

「拳銃《けんじゅう》を持った男を取り押さえようと揉《も》み合いになっていたんだぞ」

「ああ」

原子公安部長が同調する。

「上も下も判らない中、何がどうなったか、覚えてられるわけないだろ」

「だいいち、我々は被害者なんだ」

「監察官、発砲者不詳で処理は出来ないのか？」

井出警備部長と寺門警察学校長が、続けて発言した。

「いえ」

大河内が、きっぱりと否定する。

「籠城犯とはいえ、発砲による死者が出ている以上、発砲した人間を特定しないわけにはいきません」

ため息と舌打ちの音が聞こえた。

幹部の誰もが苦々しい表情で大河内を見ている。

「申し訳ありません」

あくまで穏やかに聴取を続けるべく、中園は頭を下げてみせた。

「では、確認させてください。まず、松下部長が、八重樫の気を引くために床に倒れられたんですよね？」

「ああ」

松下がうなずく。

「そのスキをついて、鈴木部長が飛びかかられた」

「そうだ」

続いて鈴木がうなずく。

「犯人が倒れたのを見て、長谷川副総監、原子部長、井出部長、内村部長、さらに松下部長も、犯人を取り押さえようと揉み合いを続けた。ということは……、犯人の八重樫を撃ったのは、その六名の中の誰かと考えて間違いありません」

「私じゃないぞ」

内村がつぶやいた。

幹部たちが、お互いの顔をうかがい、目を背ける。

重苦しい沈黙が舞い降りた。

咳払《せきばら》い、ため息、舌打ち、そして苛々《いらいら》と指先でテーブルを弾《はじ》く音——。誰も口を開こうとしないまま、じりじりと時間だけが過ぎていく。

「大河内くん」

すると、不意に長谷川副総監が手を挙げた。口許には苦笑が浮かんでいる。

「私が撃った」

「副総監……」

大河内が目を細める。

「確信がおありですか?」

「いや。確信というほどではないが……、揉み合いの中、拳銃に手が触れた記憶もある。そのとき、引き金を引いたような気もする」

「気もする、ですか」

「誰かが責任を取る必要があるんだろ」

「いけません、副総監」

突然、鈴木地域部長が立ち上がった。

「だったら、私が撃ちました!」

長谷川に向かって言う。

「だったら――?」

あきれ顔の大河内に向き直ると、

「撃ったのは私だ」

引きつった顔で繰り返した。

「大河内くん」

長谷川の口からため息が漏れる。

「私が思うに……本事案は、地検の判断を待つまでもなく、正当防衛だ。違うかね？」

「ですが……」

「相手は拳銃を持って籠城した、言わばテロリストだ。暴力に対して、我々は一丸となりそれを排除した。警察組織の一員としての誇りにかけて、なんら恥じ入る点はない。そう信じている」

「わかりました」

それまで黙っていた中園が、愛想笑いを浮かべながら割って入った。

「では、発砲者は鈴木地域部長ということで、報告書を地検に提出させていただきます。いいね、大河内くん」

大河内は黙って中園を見返した。すぐに中園が目を逸らす。

「本件の事情聴取は以上で終了ということで。皆様、お疲れさまでした」

中園が言い終わる前に幹部たちは椅子《いす》から立ち上がり、部屋の出口へと向かった。

「本当は誰が撃ったんだ？」

誰に言うともなく、大河内はそう声に出した。

3

長い一夜が明け、警視庁周辺にマスコミが押しかけ始めていた。本部庁舎の上空には、報道ヘリが飛び回っている。

「派手にやってますね」

庁舎二階にある鑑識課の窓から、蟻《あり》のように群がる報道関係者を見下ろしながら、尊は苦笑いを浮かべた。

「まあ、あの方々もお仕事ですから」

右京は相変わらずのポーカーフェイスだ。

「事件のせいで、拳銃を持った外部の人間でも、持ち物検査なしにフリーパスで入れることがバレちゃいましたね」

「加えて、本部庁舎内には防犯カメラがひとつもないということも」

「おまけに、一旦《いったん》中に入ってしまえば、誰でも好き勝手にどのフロアにも行き来が出来るんですから……」

尊は、圭子を盾にエレベーターから降りたときの八重樫の様子を思い出していた。

今考えてみると、何か引っかかるものがある。頭の中で小さく警鐘が鳴っている。

「これはこれは、お待たせしました」

そこに、奥の部屋から米沢が姿を現した。

「その後、何か判りましたか？」

待ちかねていたように右京が訊《たず》ねた。

幹部たちへの事情聴取の内容は、特命係の耳にもすでに届いていた。知りたいのは科学鑑定の結果だ。

米沢は手にしていたファイルを差し出した。

「拳銃からは、個人が特定出来る指紋は、死亡した八重樫以外のものは見つかりませんでした」

「火薬残渣《ざんさ》はいかがでしょう」

「それが、揉み合いの中での発砲ゆえ、六名全員の手や着衣から火薬残渣が検出されました」

「八重樫の靴から、微量の有機溶剤が検出されていますね」

ファイルに目を落としながら、右京が訊く。

「有機溶剤？」

尊が口を挟んだ。

「酢酸エチル、メチルエチルケトン……」

米沢が説明する。

「印刷用のインクを溶かすための溶剤ですが、事件との関係は不明です」

「司法解剖の結果は？」

「こちらに」

米沢は、手にしていた別のファイルを右京に渡した。

「死因は、銃弾による内臓損傷。銃創は心臓を貫通していました。おそらく即死でしょう」

「やはり、気になるのは、首のこの圧迫痕ですね」

死体の首についていた帯状の鬱血痕を思い出し、尊は軽い吐き気を催した。口に手をあて、何とかこらえる。

「幅四センチ。犯人のミリタリーバッグのベルトと一致しました。たすき掛けにしていましたから、揉み合いの中で首に巻きついたのかもしれませんな」

「首に掛かったのを、誰かが絞め上げたってことですか？」

尊の言葉に、右京は軽くうなずいた。

「最初に飛び掛かったのは、鈴木地域部長でしたね」

今度は米沢がうなずく。

「鈴木部長といえば、警視庁の中でも指折りの柔道の達人です。咄嗟《とっさ》に締め落とそうとしたのかも」

「妙ですね。バッグのベルトを使って締め落とそうとしていた人間が、同時に拳銃を奪い、犯人を撃ったとは……」

「と、いうことは……」

米沢は、眼鏡の奥の目を光らせた。

「撃ったのは鈴木部長ではないと？」

「その可能性も含めて、今回の事件には謎《なぞ》が多過ぎます」

「確かに、籠城自体の目的が不明ですよね」

昨夜から疑問に感じていたことを、尊は口にした。

「総監以下、幹部十二名を人質に籠城したくせに、犯人の八重樫は一切交渉にも応じず、何の要求もしなかった」

「なるほど。妙ですな」

「彼の籠城の目的が判らない限り、事件は解決とは言えません。ところで」

右京はファイルから顔を上げた。

「八重樫の通話記録はどうでした？」

「携帯と固定電話、双方調べたところ、頻繁に連絡を取り合っている携帯番号がひとつだけ見つかりました」

「登録は？」

「それが、昔懐かしいプリペイドタイプの携帯で、持ち主を辿《たど》ることは出来ませんでした」

「匂《にお》いますね」

尊が腕を組む。

「背後で糸を引いてた奴がいたのかも……」

「やはり、ただの籠城事件じゃなさそうですね」

右京の瞳《ひとみ》に、わずかに陰が差した。


同じ頃――。

伊丹たち三人は、八重樫が借りていたアパートの部屋を家宅捜索していた。

部屋にはほとんど家具がなかった。電気製品も、簡単な炊事道具すら見当たらない。あるのは、デスクと書棚だけだ。

「これ、給与明細ですね」

デスクの引出しを探っていた芹沢が、数字の並んだ小さな紙片を手に、伊丹と三浦を振り返った。

三浦が取り上げ、老眼鏡をかけ直す。

「確かに給与明細だな。『ＯＫ探偵社』って……、刑事の再就職先としては、まあ、ありがちだけどな」

「それにしても、生活感のない部屋だな」

伊丹は、改めて部屋を見回した。

「本当にここに住んでたのかよ」

「他に寝泊まりする場所でもあったんじゃないすか？」

芹沢は、デスクの上の埃《ほこり》を、手袋をした指先で拭いた。

「じゃあ、ここは何のために……」

伊丹が渋い顔になる。

「こりゃ、なんだ？」

そのとき、芹沢に代わって引出しを漁《あさ》っていた三浦が声を上げた。手にしたものを、伊丹に向かって掲げる。スナップ写真のようだ。

写っていたのは中年の男だった。首筋に特徴のあるタトゥーが見える。

「怪しいな」

写真を手にすると、伊丹は眉間《みけん》に皺《しわ》を寄せた。

4

「ちゃんとアポを取ったほうがいいんじゃないですか?」

横に立つ右京に尊が囁《ささや》いた。

「無駄ですよ」

正面のエレベーターに目を向けたまま、右京が答える。

「でも、いつ来るかわからないでしょ」

「副総監が今十七階にいることは、米沢さんが教えてくれました。副総監室はここ十一階にあるのですから、待っていれば、いずれ降りて来るはずです」

「まあ、そうでしょうけど」

尊は小さく首を傾《かし》げた。

「でも、どうして長谷川副総監なんですか?」

「小耳に挟んだところによると、事件直後の聴取のとき、副総監は自分が犯人を撃ったと証言したそうです。それが気になりましてね」

「へえ」

十七階で停《と》まっていたエレベーターが動き出した。

ノンストップで下降し、あっという間に十一階に着く。軽やかなチャイムと共にドアが開いた。

乗っていたのは、長谷川副総監一人だけだった。正面に立つ右京と尊を一瞥《いちべつ》したが、そのまま歩き過ぎようとする。

「特命係の杉下と申します」

右京が声をかけた。長谷川が立ち止まり、顔を向ける。

「同じく、神戸です」

尊は頭を下げた。

「話があるなら、アポを取りたまえ」

長谷川は歩き出した。

「僕は、取ったほうがいいと言ったんですけど」

あとを追いながら尊が言い訳する。

「秘書の方に用件を取り次いでいただいた時点で、断られる恐れがあったものですから」

「で、何だね？」

右京は長谷川の横に並んだ。仕方がない、といった表情で長谷川が立ち止まる。

「八重樫哲也がどうしてあんなことをしたのか、心当たりがないか、お訊きしようと思いまして」

「確かに、そんな用件じゃ取り次がれた時点で断るな」

「ですから、待ち伏せしていて正解でした」

右京は、長谷川の正面に回った。

「犯人の八重樫は、何か要求しなかったのでしょうか」

「要求はなかった。訳の判らないことを喚《わめ》き立てるばかりでな」

「訳の判らないことを、ですか」

「クビになったことを逆恨みして警視庁に籠城するような奴だ。頭がおかしくて当然だろう」

「発煙筒を使った陽動に、二度の威嚇射撃。彼は極めて正常な判断能力を持っていたと僕には思えますが」

長谷川の口許に笑みが浮かんだ。

「杉下右京、やはり面白い男だな」

「はい?」

「警察組織に最も必要なのは、君のような冷静な判断力だ。人の上に立ち、国民を守る者は、常に正しい答えを導き出さなくてはならないからな」

「生憎《あいにく》ですが、僕は人の上に立とうとは思いません」

「君だってキャリアである以上、それ相応の責任はついて回る」

そこで言葉を切り、右京を見つめる。

「私は君を活《い》かしたいと思っているんだ」

「活かす？」

右京が首を傾げる。

「ま、何かまた気になることでも思いついたら、遠慮なく私を訪ねてくれたまえ。そのときはアポなしで構わないから」

「もうひとつだけ」

「なんだ」

「副総監は最初、犯人は自分が撃った、と名乗り出たそうですが？」

「そうだ。だが、多分私ではない」

「どういう意味ですか？」

「私にも判らんのだ。あのときは混乱していたし、誤って引き金に触ってしまう可能性は誰にでもあった」

「では、最初に、自分がやった、と言われたのは……」

「誰かが責任を取らなければならんのなら、私が引き受けてもいいと思ったんだ。状況から見て正当防衛であることは間違いないんだし」

「そうですか」

　右京は瞳を凝らし、わずかにうつむいた。

「ちなみに……」

　再び顔を上げる。

「犯人の八重樫に飛びかかったのは合計六人ということでしたが……、それ以外の人間が、引き金を引くことの出来る可能性は？」

　長谷川は苦笑した。

「飛びかかったときは真っ暗だったし、投光機で照らされたときは、逆に眩《まぶ》し過ぎて、誰が八重樫の上になっていたかはよくわからなかった」

「ということは、八重樫を撃っておきながら強行突入と同時に人の山から離れ、何食わぬ顔で救出を待っていた人間もいるかもしれない、と」

「山の外にいた者に、火薬残渣の検査は行なわなかったのか？」

「それが、検査をしたのは、どうやら強行突入の際、八重樫の上になっていた六名だけだったようで……」

　長谷川はフッと息を漏らした。

「まあ、あの状況では仕方ないだろうな。犯人も名乗り出て逮捕されているのだし

「……」

「そうですね。ええ」

右京は笑顔でうなずいた。

「もういいか。急いでいるのでね」

「ああ、失礼しました」

長谷川は歩き出した。

後を追うのかと思ったが、右京はその場を動かなかった。

とりあえず、聞きたいことは全部聞き出せたということか。

——今杉下さんの頭の中には、いったいどんな推理が組み立てられているのだろう。

「行きましょうか」

長谷川に背中を向けると、右京はエレベーターに向かって歩き出した。

庁舎九階にセッティングされた記者会見場は、異様な空気に包まれていた。

右京と別れ、尊は会見場にいた。大河内が記者たちにどう説明するのか、興味があった。

前代未聞の警視庁での籠城事件。しかも、人質にされたのが警視総監はじめ幹部ばかりで、射殺された犯人も元警察官。事件の真相はなんなのか、現場で何が起きたのか、世間の関心はいやが上にも高まっている。

尊は、記者席の一番後ろに立ち、会見が始まるのを待った。

ほどなく、中園と大河内が姿を現した。二人とも苦虫を嚙《か》み潰《つぶ》したような顔をしている。無理もない。記者たちから吊《つ》るし上げに遭うことは間違いないのだ。

「静粛に！」

ひな壇に腰を下ろすと、まず中園が声を上げ、会見を始めることを告げた。会場のざわめきがいくらかおさまったところで、大河内が手元のメモを読み上げる。

まず、事件の経過が淡々と伝えられた。記者たちは、必死でメモを取っている。

「被疑者、八重樫哲也は、警視庁特殊班並びに第三機動隊が突入した際、人質数名と揉み合う中、犯行に使用した拳銃が暴発し、左胸部に被弾。内臓損傷により死亡」

そこまで読み上げ、大河内が顔を上げたとき、

「人質が撃ったってことですか？」

すかさず会場から質問が飛んだ。

「全員警視庁幹部ですよね。撃ったのはどなたですか？」

「鈴木光彦《みつひこ》地域部長が、揉み合いの中、拳銃に触れ引き金を引いた記憶があると証言しています」

記者たちの間でどよめきが起きた。

「なお、鈴木地域部長に関しては、現在、東京地検と協議中ですが、送検後、正当防衛と認められ不起訴処分となる予定であることを言い添えておきます」

「正当防衛って、幹部の方々はどなたも無傷ですよね」

皮肉っぽい口調《くちょう》で記者の一人が質問した。

「犯人射殺は過剰防衛では？」

「正当防衛です」

きっぱりそう断言すると、大河内は拳《こぶし》でデスクを叩《たた》いた。

「本事案における発砲並びに、当該行為に関《かか》わる死亡事案は、全《すべ》て正当防衛です」

能面のような無表情で言い切る大河内を見て、尊は苦笑した。

本当のところは大河内も、事件にはまだ何か裏があると疑っているのだ。顔を見ればわかる。

——そして、もう一人。

尊は、会場で自分とは反対側の端に立っている人物に目を向けた。捜査一課の伊丹だ。伊丹は、会見が始まってからずっと、不満げな顔でひな壇を睨《にら》みつけている。

——あの男も、何か不審を持っている。

尊の視線に気づくと、伊丹は目を逸らし、足早に会見場を後にした。

——捜査一課と協力出来れば、あるいは事件の真相に辿り着けるかもしれない。で

も、

「無理だろうな」

伊丹たちが特命係を目の敵《かたき》にしていることを思い起こし、尊はため息混じりにつぶやいた。

5

記者会見のときと同じような渋い顔で、大河内はグラスのワインを飲み干した。

それを見て、尊は口許をほころばせた。

「正当防衛です」

大河内の口調を真似《まね》て言い、カウンターを拳で叩く。

「大河内さんて、意外とマスコミ受けするかも」

尊がいたずらっぽい顔を向けると、大河内は鼻を鳴らした。

「そんなことを言うために呼んだのか？」

「怒らないでくださいよ。今日は別なことが訊きたくて」

「別なこと？」

尊は身体《からだ》ごと大河内に向き直った。

「杉下さんは、以前に立て籠《こ》もり事件か何かを担当したことがあるんですか?」

人質の安全を優先するよう中園に詰め寄ったときの右京の様子。それに、強行突入を知ったときの怒り方が気になっていた。何か理由があるはずだ、と尊は感じていた。

「特命係に送られる前、一通り過去の記録には目を通しました。けど、そんな事件の記録なんかありませんでした。大河内さんなら知ってるかなと思って」

「記録が残ってなくて残念だ。影の公安マターだからな」

大河内は薄く笑った。

――影の公安マター。

尊は眉をひそめ、なるほど、というように小さくうなずいた。

「確か、指揮官名を記録に残さない極秘の作戦ですよね。だからその指揮官は『影の管理官』と呼ばれている」

「そうだ。だが、それに関しては多少わかっていることもある。何せ特命係が出来る前の……、いや、特命係が出来るキッカケになった事件だからな」

「キッカケ?」

「二十年以上前に起きた、外務省高官公邸での人質籠城事件といえば、覚えてるだろ」

「ああ……」

覚えている。外務省の大物大使が武装グループに襲われ、大使とその側近が人質になった事件だ。

「当時、公安部の参事官だった小野田官房長は、ＳＡＴの精鋭五人を集め、非公式なチームを作った。特命係の前身、『緊急対策特命係』だ。そして、小野田官房長は、捜査二課にいた杉下右京を作戦参謀として招き、籠城事件の指揮を執らせた」

「杉下さんを……」

「杉下右京は、交渉役として犯人グループと粘り強く交渉を重ね、十一人いた人質を六人にまで減らした。そして、さらに三人を解放させようとしていた。いずれ突入のときを迎えるとしても、人質が少なければ少ないほどリスクは減る。しかし、小野田官房長は、早期解決のために強行突入するように迫り、それを拒否した杉下右京を参謀から解任した。その際、二人は激しく衝突した」

「やけに詳しいんですね。二十年以上前だったら、大河内さんだって警察に入ったかどうかの頃でしょう？」

「小野田官房長の命令に逆らった杉下右京は、当時監察の対象になった。二人のやり取りについては、極秘書類として、監察官室にだけ詳しい記録が残っている」

遠くを見るような目で空のグラスを見つめると、大河内は、記録に残された二人の様子を話し始めた。

「あなた方の要求を受け入れるよう、手配をしています」

電話の向こうにいる籠城犯のリーダーに向かって、右京はさっきから同じ言葉を繰り返していた。

口を開く度に、白い息が手にしている受話器に吹きかかる。事件現場近くの路上に停めた警察車両の中は、頭をクリアにしておきたいという右京の希望で暖房が入っていない。深夜になり、冷え込みは一段と厳しさを増していた。

「何度も言いますが、あなた方の要求を受け入れる用意はあります。しかし、我々の要求も受け入れてもらわねばなりません。人質をあと三人、解放してください」

ドアが開き、寒そうに手を擦《こす》り合わせながら、小野田が入って来た。

「時間切れだ。強行突入する」

右京の隣に腰を下ろし、ひとり言のようにつぶやく。

右京の顔が強張《こわば》った。

「すみません。またすぐに連絡します」

慌てて告げると、受話器を置いた。

「まだあきらめる必要はありません。向こうも交渉に応じています」

必死の形相で小野田に訴える。

「状況が変わったんだ。明日、アメリカから国務長官が来日する。それまでに決着をつけろ、ということだ」

「国務長官がなんだっていうんですか」

「国の体面というものがあるだろう」

「突入は出来ません。危険過ぎます」

「だったら、お前の方法で解決しろ。ただし、期限は明朝三時までだ」

「不可能です」

「出来なければ強行突入だ。作戦を変更しろ。出来るだけ犠牲の少ない突入作戦を、早急に立ててくれ」

「冗談じゃない！」

右京の声が怒りに震えた。

「冗談じゃないさ」

小野田は冷静だ。

「来日する国務長官一人のために、危険を冒せというんですか」

「命令だ」

「出来ません」

「これは、指揮官の命令だよ」

「作戦参謀として、出来ないと言ってるんです」

小野田の顔色が変わった。

「やれ！」

険しい表情で右京を睨みながら、大声を上げた。

「出来ません！」

右京も怒鳴り返す。

小野田は舌打ちした。

「杉下右京。たった今、お前をこの任務から解任する。ご苦労だったな」

それだけ言うと、小野田は車から出て行った。

ひとり残された右京は、全身を震わせながら、二度と取り上げることのない受話器を見つめた。

突入作戦が実行されたのは、そのわずか十分後のことだった。

「結果、強行突入は、人質を含む七名の死者を出す最悪の結果を招いた」

大河内は深いため息をついた。

「それ以来、特命係と杉下右京は、人材の墓場という汚名を着せられ、今に至っている」

「なるほど」

尊は、グラスのワインをひとくち口に含んだ。

「おかげで、納得がいきました」

「納得？」

「何故杉下さんが、今度の籠城事件のときあれほど感情を昂《たか》ぶらせたのか。それと、杉下さんと小野田官房長の間に、他の誰にも入れない空気がある理由が」

「確かに」

大河内がうなずく。

「恨みや憎しみのような一方的な感情とも違う、決して交わることの出来ない特殊な関係か……」

「僕には、闘いに見えます」

「闘い？」

「杉下右京と官房長、それぞれが持つ、二つの異なる正義の闘い」

「絶対的正義と、大局的正義か……」

「大河内さんなら、どちらを選ぶんです？」

大河内は、ふと笑みを漏らした。

「その質問には意味がない」

「え？」

「杉下右京は、奇跡だ。この警察組織において存在していること自体が……。真似ようとしてなれるものでは決してない」

「存在自体が奇跡、ですか」

――なるほど。

ボトルを取り上げると、大河内のグラスに注《つ》いだ。

――もしかしたら大河内さんは、今度の事件の真相解明を杉下さんに託すつもりかもしれない。

また仏頂面に戻った首席監察官の顔を、尊はそっとうかがった。


右京は、『花の里』でひとり猪口《ちょこ》を傾けていた。

カウンターには、客が置いていった夕刊が載っている。

『警視庁内籠城事件』『強行突入で犯人射殺』――。大きな見出しが躍るその紙面にちらと目をやると、右京はゆっくりと猪口を口に運んだ。

「ひとりになりたかったら言ってください。奥に引っ込みますから」

カウンターの内側から、女将のたまきが声をかけた。

「ひとりになりたかったら、初めからここには来ませんよ」

薄く笑いながら、右京が応《こた》える。たまきも笑みを返した。

昔の籠城事件のことを思い出しているのかもしれない、とたまきは思った。今度の警視庁での事件が、過去の痛みを思い出させてしまったのか。

右京から目を逸らすと、たまきは洗い物を始めた。

痛みを抱えた右京が、他のどこでもない、この店に来てくれたことを、たまきは嬉《うれ》しく思った。そして、自分とこの店の存在が、少しでも癒《いや》しとなってくれることを祈った。


小野田は、中央合同庁舎十九階の自分の執務室に、ひとり佇《たたず》んでいた。

手にはＳＤカードを持っている。そこには、今度の籠城事件の全てが記録されている。

ふうっ、と音を立てて息をつくと、デスクに近寄り、引出しを開けた。その奥から一枚の写真を取り出す。『緊急対策特命係』を結成したとき撮った記念写真だ。右京と小野田を中心に、五人の班員が写っている。

――あの事件のときと同じく、今度もあいつと対決することになるのかもしれない。

小野田は、写真にＳＤカードを重ね、引出しに入れた。

6

翌朝——。

尊が特命係の部屋に入ったとき、右京はデスクで、何かのファイルに熱心に目を通していた。尊になど目もくれない。

こういうときは放《ほう》っておくしかない。尊は、黙ったままコーヒーを淹《い》れ、自分のデスクについた。

「おはようございます」

そこに米沢がやって来た。

尊のことは無視したのに、その声を聞くと、右京はファイルから顔を上げた。米沢がわざわざ特命係の部屋まで来るということは、何か新しい情報を持ってきたのに違いない。右京もそれをわかっているのだ。

「こちらが、八重樫哲也の部屋から見つかったものです」

米沢は、透明な袋に入ったスナップ写真を差し出した。尊が受け取り、目を近づける。

「入れ墨の男ですか。どうしてこんなものが？」

それまで見ていたファイルを手に、右京が立ち上がった。

「八重樫は、六年前警視庁を依願退職になっていますが、その一年前までは組織犯罪対策部の刑事でした」

言いながらその表紙を尊に見せる。それは、八重樫の人事記録だった。

——いつの間にそんなものを。

驚く尊を無視し、ファイルを開いて米沢に差し出す。

「元組織犯罪対策部ってことは……」

横から記録内容を目で追いながら、尊が言った。

「入れ墨の男は、その時代に関わった人間ですかね」

「七年前の十月、配車事務のセクションに異動……」

米沢は眼鏡をずり上げた。

「露骨な左遷の匂いがしますな」

「ええ」

右京が同意する。

「異動先でも欠勤が続き、一年後に依願退職になっています」

「つまり、七年前、左遷のキッカケになる何かがあった」

「ええ。おそらく、この事件だと思います」

右京はパソコンの画面を指差した。

――その点についてもすでに調べていたのか。

さすがに手回しがいいな、と感心しながら画面を覗《のぞ》き込んだ尊は、事件の意外な内容に眉《まゆ》をひそめた。

「中国系反米テロリスト事件……」

「未遂とはいえ、国内で起きた数少ないテロ事件のひとつです。四名の死者も出て、当時はかなりマスコミが騒いでいたのを覚えています」

「日付は七年前の十月十五日。八重樫哲也が左遷される一週間前です」

「お言葉ですが……」

尊が口を挟んだ。

「これって間違いなく公安マターですよね。組対部にいた八重樫がどう関わるって言うんです？」

組織犯罪対策部がテロ事件の捜査に関わることなどあり得ない。

「確かに、普通に考えればあり得ません」

右京は、デスクに置かれたもうひとつのファイルを取り上げた。

「今回の事件の関係者の中で、もう一人、大事な人物を忘れていませんか？」

渡されたのは、朝比奈圭子の人事記録だった。

記録を見た尊は目を見開いた。

「公安部外事第三課第五係……」

「何と……、ちょうど七年前、事件が起きた時期に在籍していますね」

米沢も驚きの声を上げる。

右京は、静かにうなずくと、

「行きましょう」

尊に向かって声をかけた。


総務部装備課は、籠城事件のときとは打って変わって、ひっそりと静まり返っていた。元々、何かコトが起きない限り、忙しい部署ではない。七年前の事件がきっかけで、八重樫と同じく、圭子も閑職に回されたということなのだろう。しかし、一年後に退職した八重樫とは違い、圭子は警視庁での勤務を続けている。

その違いはなんなのだろう、と尊は思った。左遷されてもまだ、警察にしがみつかなければならない理由が、圭子にはあるのだろうか。

暇そうにしている他の職員が、右京と尊に好奇の視線を向けてきた。いくらか居心地の悪さを感じながら、圭子にうながされるまま、部屋の片隅に置かれた応接セットに腰を下ろす。

「事件のことは、大河内監察官に全てお話ししました」

右京たちが口を開く前に、落ち着いた口調で圭子は言った。

「申し訳ありません。細かなことが気になりまして。僕の悪い癖」

微笑《ほほえ》みながら、右京が弁解する。

「まず、お訊きしたいのですが」

尊があとを引き取った。

「八重樫哲也は、どうして大勢いる警察学校の同期の中から、あなたを選んで呼び出したのでしょう」

「同期の中で、現在本部勤務は数名ですし、中でも内勤は私くらいですから……」

「なるほど、明快なお答えですね」

右京がうなずく。

「ですが、こう考えるとどうでしょう。あなたと八重樫哲也には、同期とは別の関係があった」

「関係？」

「それを繋《つな》ぐのが、この事件です」

七年前の事件に関する新聞記事のコピーを、右京は差し出した。それを見て、圭子は顔色を変えた。

「外事第三課は、国際テロリストの摘発が主任務です。この事件も当然、あなたのいた第三課が担当していたはずです。報道によれば、テロリストのアジトへの突入が敢行され三名のテロリスト全員が死亡、公安部の捜査員も一名殉職した、とあります」

圭子は苦しげに目を閉じた。唇を固く引き結び、肩でひとつ息をつく。

ゆっくり目を開くと、圭子は覚悟を決めたように、しっかりとした眼差《まなざ》しで右京を見据えた。

「殉職した磯村栄吾巡査部長は……、私の婚約者でした」

尊は、思わず息を呑《の》んだ。さすがの右京も驚いている様子だ。

「場所を変えましょうか」

さっきから、ちらちらとこっちをうかがっている職員たちを一瞥すると、右京は立ち上がった。

7

「磯村と私のいたチームは、当時中国系マフィアの内偵をしていました」

警視庁近くにある公園のベンチに並んで腰を下ろすと、圭子は、重い口を開いた。

「ただ、マフィアはあくまで表の顔で、実体は反米イスラム系テロリスト集団だという極秘情報を基《もと》にした内偵でした」

「つまり、日本国内でテロ活動するには、中東系の顔立ちではない中国系の人間のほうが溶け込みやすいということですね」

右京が補足する。

「その通りです。彼らは、それを利用して国内に拠点を作ろうとしていて、中国系マフィアは格好の隠れ蓑《みの》だったんです」

「磯村さんやあなたは、国内での彼らのアジトを見つけ出し、摘発しようとした」

「実は、公《おおやけ》にはなっていませんが、彼らの目的は、来日するアメリカ国防長官の暗殺だったんです」

「何ですって……」

尊が驚きの声を上げる。

「日本国内でアメリカ政府の要人が暗殺されれば、外交問題に発展しかねません。磯村のチームは、暗殺を未然に防ぐために、徹底した内偵捜査を続け、とうとうアジトを突き止めました。そして、アジトを急襲する作戦を敢行したんです」

前方にじっと目を向けながら、圭子は七年前の事件について話し始めた。

いつの間にか、月が厚い雲の陰に隠れていた。

星も見えなくなっている。

目の前を流れる運河の水は、コールタールでも流したかのようにどす黒く、重く見える。

圭子は、暗視カメラを握る手のひらに、じっとりと汗が滲《にじ》み出すのを感じた。防弾チョッキに覆われた胸の内側では、心臓が鼓動を速めている。不吉な予感がした。

一つ大きく息をつくと、奥歯を嚙み締め、身体に力を込める。

——大丈夫だ。

自分に言い聞かせた。

警視庁公安部外事第三課に配属になり、磯村栄吾のチームに加わってから、初めての大きな任務。絶対に失敗は許されない。

圭子は、栄吾他二人の捜査員と共に、運河近くのボート小屋の中に身を潜めていた。そこから、運河にかかる桟橋に碇泊《ていはく》している目的の小型船舶までの距離は三十メートルほど。監視には打ってつけの場所だ。

二月初めから本格的な内偵を始めて八ヶ月余り。この小屋で何度夜を明かしたかわからない。

――しかし、それも今日で最後だ。もうすぐ決着がつく。

今度は腕時計に目を落とした。午前零時をわずかに回ったところだ。作戦開始まで、あと一時間足らず。敵に気づかれないため、直前まで捜査員の動きは抑えられていたが、作戦に参加する総員がそろそろ各々の配置につき始める頃だ。

暗視カメラを握り直し、レンズの中の映像に意識を集中する。

変わった様子はなかった。小型船には、四時間前に三人の男が入ったが、その後人の出入りはない。さっきまで船の窓から漏れていた光は、すでに消えている。ここまでは予定通りだった。

これまでの内偵で、男たちはいつも二〇時前後に船に戻り、零時前後に就寝することがわかっていた。今夜もいつもと同じパターンだ。ぐっすり寝入っているところを襲って、三人を確保するか、あるいは最悪の場合射殺すれば任務は終わる。計画通りコトが進めば、それほど難しいミッションではない。

ふと、視界の端で何かが動く気配を感じ、その方向に暗視カメラを振った。

圭子は顔をしかめた。誰かがやって来る。

「接近者発見。十時方向」

横に立つ磯村栄吾に向かって囁く。

「なに？」

栄吾が驚きの声を上げる。

普段なら、こんな夜更けに、この場所に人がやって来ることはない。背後に控えている二人の捜査官にも緊張が走るのを、圭子ははっきりと感じた。

カメラのピントを接近者に合わせた次の瞬間、圭子は思わず小さく声を上げた。

「どうした?」

栄吾が訊く。

「組織犯罪対策部の八重樫巡査部長です」

「なんだと」

栄吾が驚きに目を見開く。

「なんだって、あいつが……」

「桟橋に近づいていています」

「早く止めないと!」

背後で捜査員が声を上げる。

「駄目だ。今出て行ったら敵に気づかれるおそれがある」

自分の暗視カメラで八重樫の姿を確認すると、呻《うめ》くようにして栄吾が言った。

身体が震え始めた。不吉な予感が当たってしまったのだ、と圭子は思った。

八重樫は、辺りに目を配りながら桟橋に向かっていた。

船体に書かれているネームを確認すると、上着に手を入れて拳銃を引き抜き、安全装置を外した。

「何をするつもりだ」

横で栄吾がつぶやく。

八重樫は、デッキに上がった。ゆっくりと船室に近づき、ドアに手を伸ばす。

――あれは？

圭子は目を細めた。

八重樫の後方にある闇の中で何かが動く気配がしたかと思うと、不意に男が姿を現した。マークしていたテロリストの一人だ。いつの間に船室から抜け出したのか、全く気づかなかった。

――危ない。

思わず声を上げそうになった瞬間、八重樫は鉄パイプのようなもので後頭部を殴られた。そのまま崩れ落ちる。

男は、八重樫の両足を持って船室に引きずり込んだ。

「助けないと！」

圭子は栄吾を見た。後方の作戦本部に連絡を取るのも忘れ、栄吾はカメラを握ったまま凍りついていた。あまりに想定外の事態に、混乱しているのがわかった。

そのとき、暗い船室の窓にいきなり閃光《せんこう》が走り、銃声が響いた。

「発砲確認!」

捜査員が緊迫した声音で告げる。

「突入して救出しないと!」

圭子は、悲鳴のような声を上げた。

「いや、危険過ぎる」

捜査員の一人が反論する。

「見殺しには出来ない」

栄吾は、圭子に向かって言った。

「突入する」

振り返り、二人の捜査員に命じると、先に立ってボート小屋を出た。圭子たちがあとに続く。

桟橋に向かって走りながら、栄吾は、インカムマイクに向かって手短に現状を報告した。本部は詳細な情報を求めてきたが、栄吾は無視した。

四人は身を低くして桟橋を進み、次々に小型船のデッキに上がった。先頭の栄吾が手で合図を送る。全員が銃を構え、船室のドアの前に並んだ。

栄吾が手を振り下ろすのと同時に、捜査員がドアを開け、船室に飛び込んだ。船室に明かりはなかったが、窓から差し込む街灯の光で、内部の様子はわかった。船室の奥に三人の男が立ち、その前に八重樫が横たわっている。

「武器を捨て、手を挙げろ！」

栄吾の命令に、男たちは発砲で応えた。捜査員の一人が太股《ふともも》を撃ち抜かれ、その場に倒れる。

銃を撃ちながら、三人は奥の船室に逃げ込んだ。

気絶している八重樫と怪我《けが》をした捜査員に目を向けると、

「二人を外へ！」

栄吾は、圭子と無傷の捜査員に向かって命じた。自分はそのまま、男たちを追って奥の船室に入る。

圭子は怪我をした捜査員に肩を貸し、一人では立ち上がれない八重樫はもう一人の捜査員が抱え上げた。一足早くデッキに捜査員を連れ出した圭子が、再び船室に戻る。

手前の船室を駆け抜けて奥に飛び込んだ圭子は、足や腕を撃たれて床でのたうち回る三人の男を見て、ホッと息をついた。さすが栄吾だ、と思いながら船室を見回す。

そして、壁際に積まれた箱の上で点滅するＬＥＤを見つけた。

「爆弾だ。退避しろ！」

圭子を振り返ると、栄吾が命じた。

「あなたはどうするの」

「ファイルを見つけたら、すぐに退避する！」

それは、テロの全貌《ぜんぼう》が記されているはずのファイルだった。そのファイルを確保することも、今回の重要な任務のひとつだ。

「だったら、私も」

「駄目だ！　お前たちはすぐに船外に脱出しろ！」

船室の外に向かって、圭子は突き飛ばされた。すぐにドアが閉まる。ドアを叩き、栄吾を呼んだが、返答はなかった。

圭子は唇を噛み締めながら踵を返した。上官の命令は絶対だ。

「船外退避！」

遅れてやって来た捜査員に怒鳴り、船内に爆薬が仕掛けられていることを告げる。

二人は船室を出た。

イヤホンでは、後方の作戦本部から、現状報告をうながす怒鳴り声が聞こえていた。

「爆対を要請！　大至急！」

それを無視して、圭子も怒鳴り返す。

デッキに出ると、八重樫が意識を取り戻していた。その横にひざまずき、

「どうしてこんなところに！」

喚くようにして訊く。

八重樫が口を開きかけたとき——、
凄《すさ》まじい爆発が起き、圭子たちはデッキから川の中に吹っ飛んだ。もがきながら水面から顔を出すと、船室が粉々に砕け散り、真っ赤な炎が上がっていた。次々に新たな爆薬に引火しているのだろう、何度も爆発音が轟《とどろ》き、その度に船は傾き、沈没していった。

まだ身体の自由が利かない様子の八重樫を背後から抱きかかえ、圭子は必死で船から遠ざかった。二人の捜査員も、頭上から降りかかる火の粉と破片を避けるようにして泳いでいる。

「栄吾！」

圭子は、自分の上官であり、婚約者でもある男の名前を呼んだ。

その目の前で、船はゆっくりと水の中に姿を消していった。

圭子の肩が小刻みに震えていた。歯を食い縛り、必死で感情を抑えているように見える。

それにしても、大事な作戦の直前に、八重樫がテロリストの船にのこのこやって来たことが理解出来ない。

「八重樫哲也のいた組対部に、公安から捜査を見合わせるように申し送りとかなかったんでしょうか」

　尊が訊くと、

「あるいは……」

　圭子に代わって、右京が口を開いた。

「漏洩《ろうえい》を恐れた公安部が、あえて伝えていなかった可能性も考えられます」

「確かに、あり得ますね」

　でも、と尊は思った。

　——たとえ中国マフィアのグループを組織犯罪対策部が追っていたとしても、八重樫一人だけで敵のアジトに乗り込むのはおかしくないか。

「ひとつ、よろしいでしょうか？」

　右京は、圭子に向かって人差し指を立てた。

「ええ」

「そのような経緯のあった八重樫哲也を、どうしてあなたは警視庁内に招き入れたのでしょう」

「それは……」

　そう口にしたまま、圭子はしばらくの間黙り込んだ。答えに迷っているように見えた。

「この七年間、自分に言い聞かせていました」

視線を地面に落とすと、ようやく話し始める。

「この仕事を選んだ以上、職務で命を落とすことは覚悟の上だと。だからこそ、磯村の死を八重樫のせいにするべきじゃない、そう言い聞かせて、ずっと……。ですが……」

顔を上げ、右京を見る。

「受付からの電話で『ひと言謝りたい』、そう言われたとき、私は我慢が出来なくなりました。面と向かって八重樫に言いたい。あなたさえ現れなければ、あんなことにはならなかった。あなたのせいで磯村は死んだ……。そう言わずにはいられなくて……」

それきり、圭子は黙り込んだ。これ以上質問を続けるのは難しそうだった。

8

まだ少しここにいたい、と言う圭子に、付き合ってくれた礼を言うと、右京と尊は警視庁に向かって歩き出した。

「気になるのはやはり、例の写真ですね」

右京の言葉に、尊がうなずく。

「タトゥーの男、ですね。朝比奈圭子と磯村栄吾のチームが追っていたのは、中国系マフィアのフリをしたテロリストだったわけだから……」

「組対部にいた八重樫哲也なら、同じ中国系マフィアを追っていたとしてもおかしくありませんねえ」

「八重樫のいた係は薬物捜査が担当でした」

「角田課長なら、何か知っているかもしれませんね」

そこで、尊の携帯が着信音を鳴らした。

表示された名前を見て、尊は笑みを浮かべた。

「一課の伊丹さんからですよ」

「それはそれは……」

右京も驚いた様子だ。

「神戸です」

携帯に出ると、伊丹は、

〈ちょっとツラ、いや、顔をお貸しいただけないですかね〉

脅すような声音でそう言った。

携帯を切り、伊丹の言葉をそのまま伝えると、右京は、

「では、あなたは伊丹さんのところへどうぞ。私は角田課長のところへ」

澄ました顔でそう言った。


庁舎の玄関ホールで待っていると、エレベーターから伊丹が現れた。相変わらず眉間に皺を寄せ、睨むように尊を見ながら近づいて来る。

「なんですか、いきなりツラ、いや、顔を貸せって」

尊の言葉に、伊丹は唇を歪《ゆが》めた。

「気に入らないんですよ」

「気に入らない？」

「キャリアってのは、出世そのものが目標で、スキあらばお互いの足を引っ張ろうとするもんでしょ」

「ずいぶんな言いようですね」

「なのに、人質になった部長連中の供述は、揃《そろ》いも揃って、『八重樫は訳の判らないことしか言ってない』の一点張り。お互いを庇《かば》いあっているように見えるし、いつかしら仲良しクラブになっちまったのか……。監察官の聴取も通り一遍だし、それに

……」

そこで伊丹は、汚いものを目にしたように眉をひそめた。

「さっき見ちまったんですよ」

「見たって、何を」

「八重樫を射殺したことになってる鈴木地域部長が、監察官聴取を終えて監察室から出て来たとき、そこに長谷川副総監と松下通信部長が待っていやがった」

「待ってたって……」

「お出迎えですよ。鈴木部長はしきりに恐縮してましたが、松下部長は、『面倒なことを引き受けてくれたのだから、労をねぎらうのは当然だ』、そう言ってね。にこやかに肩なんか叩いちゃって……。おかしいですよ、あいつら」

「まあ、あの三人は特別でしょうね。なんたって全員、東大のセーリング部出身ですから」

「ケッ！」

伊丹が吐き捨てた。

「で――？　用件は何ですか」

苦笑しながら尊が訊く。

「教えてほしいんですよ」

「え？」

「おたくら、どうせまた、クビ覚悟のルール無視で、あれこれ嗅《か》ぎ回ってるんでしょ」

伊丹は、言いながら探るような視線を向けた。

記者会見場で見た伊丹の様子を尊は思い出した。上層部同士がなれ合って事件の真相を隠そうとするのを、この男も苦々しく思っているのだ。

──今回は共闘出来るかも。

「いいですけど、その代わり協力してもらえます？」

伊丹に顔を近づけ、囁いた。

「取り寄せてほしい資料があるんですけど」

資料名を口にすると、伊丹は上目遣いに尊を睨んだ。


「これなんですが」

角田を特命係の部屋に呼び込むと、右京は拡大コピーした入れ墨の男の写真を見せた。出入口の向こうでは、組織犯罪対策課の大木《おおき》と小松《こまつ》が、何事かと部屋の中を覗いている。

「なんだ、これ」

写真を受け取った角田が目を細める。

「籠城事件の犯人の部屋にあった写真です」

「へえ、そうなの。これは中国だな。上海《シャンハイ》か」

「上海ですか？」

「おう。この入れ墨だよ。日本とは違うから……。中国系マフィアって言っても、出身地で派閥とかあるからさ」

「詳しい話を聞かせていただけませんか？」

「いいけど、その前にコーヒー飲ませてくれ。な？」

立ち上がるとテーブルに歩み寄り、サーバーを手にする。

「ところで、ちょっと訊きたいんだけど」

カップにコーヒーを注ぎながら、角田が振り返った。

「はい？」

「三宅生活安全部長は、犯人射殺とは全然関係ないんだよな」

「そのように聞いていますが」

「そりゃよかった」

笑みを浮かべ、カップを手にソファに戻る。

「三宅部長とは、どういう？」

「部長と俺は、組織犯罪対策課がまだ生安部だった頃からの付き合いでさ、それになんたって、部長は俺たちノンキャリアの星だから」

「なるほど、三宅部長だけキャリア組じゃないんでしたね」

人質の十二人のうち十一人はキャリア官僚、ノンキャリアの叩き上げは三宅部長だけだった。

「ノンキャリアにとって、本部の部長はゴールだからな。ここだけの話、退官後は、一流企業の顧問の椅子が待ってるんだとさ。俺もあやかりたいよ」

「そうですか」

右京は何事か考え込んだ。

「で、さっきの話だけど」

それには構わず、角田は上海マフィアに関する話を始めた。

9

繁華街を抜けたところにある小さな商店街の中を、右京と尊は辺りに目をやりながら歩いていた。通りの両側には、中華料理屋や中国の日用雑貨を売る店が軒を連ねている。

角田によれば、七年前テロリストたちが隠れ蓑に使った上海系マフィアは、この周辺を根城にしていたらしい。

「でも、七年前の事件で幹部三人が全員死んで、グループは壊滅したんじゃなかったんですか？」

店頭に並んだパンダの置物を手に取りながら、尊が訊いた。

「上海グループの息のかかった店が、まだ何軒か残っているそうです」

雑貨店の店先にいた店員の女性に近づくと、右京は、角田から聞いた店名をメモした紙を見せた。ちらとメモに目を落としただけで「知りません」と女性が首を振る。

右京は、今度は入れ墨の男の写真を見せた。

「この男性に見覚えはありませんか？」

わずかに女性の顔色が変わったように思えた。

「さあ……」

写真から顔を背ける。

「ひょっとして、かなり前の写真かもしれないんですが」

右京は食い下がったが、女性は「知らない」と繰り返しながら店の奥に引っ込んでしまった。

尊は右京と顔を見合わせた。聞き込みはかなり難しそうだ。

　ふと視線を感じて顔を上げると、雑貨店の隣にある中華料理屋の二階の窓から、中国人らしい老女がこっちを見おろしているのが見えた。髪はざんばらの真っ白で目は落ち窪《くぼ》み、ひび割れた唇にはタバコをくわえている。尊と目を合わせると、女はゆっくりと窓の奥に引っ込んだ。

　右京も女に気づいていたらしい、尊に目で合図すると、足早に中華料理屋に歩いた。

　店内に客はいなかった。

「すみません、この男なんですが、ご存知ありませんか」

　カウンター越しに、料理人らしい男に声をかける。写真を見ると、男は微かに顔を歪めた。

「この辺りで見かけたことは、ありませんか？」

「いやあ、見たことないですね」

　わざとらしく男が首を振る。

　厨房《ちゆうぼう》の奥では、ちらちらとこっちに視線を向けながら、別の男が携帯をかけていた。尊が見ているのに気づくと、やはり顔を背け、奥に引っ込んでしまう。

　料理人に礼を言うと、二人は店を出た。

「ちょっと怪しい匂いがしてきましたね」

右京の耳元で囁く。

尊の言葉をよそに、右京はさっさと隣に移動した。今度は、中華料理用の食材や酒を売っている、大きな構えの店だ。

雑然と置かれた商品の間を奥に進むと、レジカウンターの向こうで、中国語の新聞を広げて中年の男が座っていた。

にこやかに近づき、写真を見せる。

「ああ、この男ね……。見たことあるかもしれない」

甲高《かんだか》い声でそう言うと、男は人懐こい笑顔を向けた。

「ご存知なんですか?」

「詳しく知ってる奴、中にいると思うから。ちょっと、こっち……、入って、入って」

男は立ち上がり、レジカウンターの横にある通路を奥に歩き始めた。

──罠《わな》じゃないのか。

不安になり右京を見る。

一瞬だけ考えたようだが、右京はすぐに男の後を追った。

──『虎穴《こけつ》に入らずんば虎子を得ず』か。

覚悟を決め、尊も歩き出す。

店の奥には、細くて長い通路が、まるで迷路のように続いていた。両側の壁には、中国映画のポスターや、女優のブロマイド、ヌード写真などが、ぎっしり貼《は》られている。天井は低く、明かりはなく、お香のような臭《にお》いが立ち込めている。

やがて三人は、紫色の分厚いカーテンの仕切りの前に辿り着いた。男がカーテンをめくり、先に中に入る。右京と尊が後に続いた。

中は八畳ほどの広さで、倉庫として使っている部屋のようだった。天井からぶら下がった裸電球の明かりが、壁際に積み重ねて置かれた段ボール箱をぼんやりと照らしている。

「どうしてこの男を探してる！」

いきなり振り返ると、男は、さっきまでとは打って変わり、低く野太い声で訊いた。裸電球の明かりに浮かび上がったその顔からは、さっきまでの人懐こい笑みも消えている。その豹変《ひようへん》ぶりに、尊はたじたじとなった。

カーテンが開く気配に振り向くと、数人の男が入って来た。いずれも崩れた格好をした、強面《こわもて》の男たちだ。間違いなくマフィアの一員だろう。

「ちょっと。なんなんです、あなた方」

言いながら、尊は身構えた。男たちは無表情だ。

――ヤバイな。

横目で右京をうかがうと、相変わらずのポーカーフェイスだった。

──杉下さんには恐怖心というものはないのだろうか。

「お前たち、なんで曹良明《そうりょうめい》の写真を持ってるんだ」

男は写真を掲げながら訊いた。

「その男は、曹良明というのですか？」

いつもと変わらぬ淡々とした口調で、右京が訊き返す。

「とぼけるな！　お前たち、曹とどういう関係なんだ」

「皆さんのお知り合いではないのですか？」

「ふざけるな！　こいつは裏切り者だ。俺たちの仲間は、この男に騙《だま》されて殺されたんだ！」

「殺された？」

尊が声を上げた。

そのとき、再びカーテンが開かれた。

今度入って来たのは歳《とし》とった女だった。その風貌《ふうぼう》から中華料理屋の二階の窓辺にいた女だと、すぐにわかった。

女が、写真を持った男に中国語で怒鳴った。男が怒鳴り返す。

「中国語、わかります？」

右京の耳元に口を近づけて訊いた。右京なら理解出来るのではないかと思ったのだ。

「挨拶ぐらいは」

澄ました顔で答える。

二人はもの凄《すご》い剣幕で怒鳴り合っている。さすがの右京も全く聞き取ることが出来ないらしく、尊を見て小さく肩をすくめた。

激しい言葉の応酬はしばらく続いた。しかし、女のひとことで、突然男は黙り込んだ。

「この写真、どこで手に入れた？」

男の手から写真を奪うと、女は右京に訊いた。

「ある事件で亡くなった容疑者の持ち物にありました」

右京の答えに、女が眉をひそめる。

「死んだのかい」

「はい」

「話を聞かせてもらおうか。ついて来な」

女が先に歩き出す。

「道、あけんだよ、ほら」

前を塞《ふさ》いだ男たちに命じる。渋々ながら男たちが後ずさる。

「失礼」

悔しそうな顔で睨む男たちに軽く頭を下げると、右京と尊はカーテンの外に出た。

「すみません」

通路を進みながら、右京が女の背中に声をかけた。

「どういうことなのでしょう」

「あいつらは上海マフィアだ。私は福建出身でね、奴らとは、ま、敵同士みたいなもんだけど、昔、今は引退している奴らのボスのイロだったことがあってね、今でも一目置かれる存在ってわけさ」

——なるほど。

「でも、どうして僕たちを助けてくれたんですか?」

「あんたら、殺されたいかい?」

尊の言葉に、女は薄く笑いながら振り返った。

「あいつらは、あんたたちを痛めつけてでも写真の男について問い質そうとした。いつかの男みたいにね」

「いつかの男?」

「多分八重樫のことでしょう」

右京が口を挟んだ。

ことか。

——八重樫もタトゥーの男を探してここに来た。そして痛めつけられた。そういう

迷路のような通路から店の裏手に出ると、女は隣にある中華料理屋の裏口から中に入った。

二階の小部屋に入り、座卓を挟んで向かい合って座る。

女は「李華来《リーファーライ》」と名乗った。右京と尊が警視庁の人間だと明かしても、顔色ひとつ変えない。

「八重樫哲也のことをご存知なのですね？」

華来がタバコに火を点《つ》けるのを待って、右京が訊ねた。

「八重樫は、なんで死んだんだい？」

質問には答えず、逆に華来が訊いた。

「警視庁で籠城事件を起こし、強行突入になって、射殺されました」

尊が説明すると、華来は音を立ててタバコの煙を吐き出した。

「無茶な男だとは思ってたけど……、そうかい」

「八重樫も、この街を訪ねて来たのですね」

「ああ」

右京の質問に、今度は答える。

「男を探してたのさ。首にタトゥーを入れてる男をね」

「それが、写真の……」

「この界隈でも、そんなタトゥー入れてるのは曹良明しかいなかったから。あたしら福建の人間でも知ってた」

「曹良明……」

尊がつぶやく。

「上海の連中にとって、殺しても殺したりない男さ。なのに、そいつを探して、あの連中ん中飛び込んでさ。曹の仲間だと勘違いされても仕方なかったんだ」

「八重樫は、あの男たちに痛めつけられたのですね」

「ああ。半殺しの目に遭った。私が助けなかったら、殺されてただろうね。あんたらも同じ目に遭うところだったんだよ」

「どうして八重樫を助けたんですか」

「見るに見かねて、ってやつさ」

華来は灰皿でタバコを揉み消した。

「私はね、この街でたくさんの血が流れるのを見てきた。そんなもの、私の目の黒いうちには、もう見たくはないんだ。うんざりなんだよ」

「で、八重樫には、曹良明のことは？」

「ああ。教えてやった。『殺すのが目的で探してるんじゃない。真実を知りたいから探してるんだ』って、八重樫は言ってた。それ以上のことは訊かなかったけど、私はその言葉を信じた。だから、曹の名前を教えて、写真をくれてやった。あんたらが持ってた写真だよ」

――あの写真は、元々華来が持っていたものだったのか。

「ところで……」

右京が口を挟む。

「先ほど彼らが言っていたことは、どういう意味なのでしょう。仲間がこの男に騙され、殺されたというのは」

「七年前、上海の連中がバカなことしでかした事件、あっただろ？」

「ええ。中国系反米テロリスト事件……」

「何がテロリストだよ。連中は、あたしら福建に逆らおうっていう、ただの跳ね返りだったのに」

「だけど、裏の顔はテロリストだったって……」

尊の言葉に、華来は鼻先で笑った。

「あいつらがテロリストだったなんて、私は信じられないね。上海の奴らの言い分だと、死んだ三人は、曹にそそのかされただけらしいよ」

右京の表情に険しさが増した。尊も混乱していた。

——もしあれがテロ事件でなかったとしたら、どういうことになるのだろう。

「曹良明という人物は、一体何者なのでしょう」

右京の声は、相変わらず冷静そのものだ。

「妙な男だったよ。あるときひょっこり現れて……。その事件のあと、ぷっつり姿を消したのも妙だった」

華来は、真っ白なざんばら髪を指でかき上げた。

「噂《うわさ》じゃ、武器を手に入れるルートを持ってたって聞いたことがある」

——だとしたら、やっぱり……。

「曹良明は、イスラム過激派が送り込んだ工作員だったかもしれませんね」

わからない、というように華来は首を振った。

「曹良明が工作員だったとしても、上海の三人組がテロリストだったとは私には思えない。私に言えるのはそれだけさ」

二本目のタバコに火を点ける。

「さあ、話は終わりだ。もう帰りな。二度と来ないでおくれ」

「いや、でも……」

食い下がろうとする尊を、右京が止めた。

「今度あんたらがここに来るのを見たら、上海の連中は黙っちゃいない。そうなったら、私でも止められない。もうこりごりなんだよ。この街で血が流れるのは」

華来は、窓の外に向かって煙を噴き出した。

右京は丁寧に礼を述べ、華来に向かって深々と頭を下げると、部屋を後にした。


中華料理屋の裏口から路地を抜け、右京と尊は表通りに出た。

上海マフィアに待ち伏せされるのでは、と一抹の不安を抱いていたのだが、それは杞憂《きゆう》に終わった。誰も目の前に立ち塞がることはなく、後をつけてくる人間もいない。

「八重樫哲也が曹良明の行方を追っていたのは間違いないようですね」

歩きながら尊が言った。

「ですが、その理由が判然としません」

「曹良明がテログループの仲間だったからでは？」

「仮にそうだとしても、探すべきは公安部の仕事です。畑違いの八重樫に、なぜ探す必要があったのでしょう」

「確かに」

――公安も曹良明を追っていたのだろうか。

「そろそろ伊丹さんに頼んでおいたものが届く頃ですから、それを見れば何かわかるかも」

期待を込めて尊は言ったが、

「さあ、それはどうでしょうねえ」

右京は渋い顔で首を傾げた。

10

特命係の部屋では、テーブルに足を投げ出して伊丹がソファに座っていた。

右京と尊の姿を見るとおもむろに立ち上がり、「これは遅いお帰りで」と皮肉混じりに声をかける。

「せっかくお届けにあがったのに、お留守だったので、帰ろうと思ってたとこです」

伊丹は、手にしていた茶封筒を差し出した。

「これは失礼。わざわざありがとうございます」

「じゃ、これが?」

七年前の事件に関する報告書。ここにテロ事件に関する全てが書かれているはずだ。

封筒を受け取ると、尊はすぐに中身を取り出した。

しかし――。

「想像通りというか、真っ黒けでした」

伊丹は苦い顔で吐き捨てた。

用紙に印字されている文面は、そのほとんどが黒く塗り潰されていた。これでは何も読み取れない。

「これが、公安部のやり方ですか」

ため息混じりに尊が言う。

「それにしても、手際が良過ぎる気がしませんか？」

右京が、尊の手から報告書を取り上げる。

「手際って？」

「まさか……」

伊丹は顔をしかめた。

「真っ黒な報告書を、あらかじめ作っておいたってことですか？」

「ええ。おそらくは、この報告書まで辿り着く人間がいるかもしれないと警戒した人物が、あらかじめ用意させておいた」

尊と伊丹は、顔を見合わせた。

——事件に関する隠蔽《いんぺい》工作が、公安部で行なわれているのは間違いない。でも、いったい何のために？

「これは、上のほうをつついてみる必要がありそうですねえ」

「上をつつく？」

「鬼が出るか、蛇が出るか」

右京は携帯を取り出し、登録してある番号を呼び出した。

「ああ、官房長」

——相手は小野田官房長か。

尊は、再び伊丹と顔を見合わせた。


「で、話って何？」

イクラの軍艦巻きの皿を手に取りながら、小野田が訊いた。

右京と小野田は、回転寿司《ずし》屋のカウンターに並んで腰かけていた。

「七年前に起きた事件に関して、官房長が何かご存知ないか、お訊ねしようと思いまして。生憎、報告書は真っ黒で……」

「生憎だけど、よく知らないんだ」

うまそうに軍艦巻きを頬張《ほおば》る。

「公安にいたのはずいぶん昔のことだし、元々あそこは秘密主義の権化だから」

「おや」

マグロの皿に手を伸ばしながら、右京が首を傾げる。

「僕はまだ七年前の事件としか言っていません。なのに、よく公安がらみの事件だとお気づきですね」

「お前のことだから、どうせ例の籠城事件を調べて、死んだ男が関わっていた事件に、とっくに辿り着いてる。そのぐらいの察しはつきますよ」

「なるほど」

マグロの握りをつまんで醬油《しょうゆ》につけ、するりと口に入れる。それを見て、小野田もマグロの皿を取った。

「本当にお前は、過去のことをいたずらにほじくるのが好きだから」

「いたずらにほじくっているつもりはありません。調べ直すべき理由があると信じているからです」

「たまには未来を描いてもいい頃だと思わない?」

「はい?」

「人はたいがい、前に向かって成長する生き物でしょ。僕だってほら、今日は皿を戻してないし」

小野田は、自分の前に積んだ空の皿を、自慢げに指差した。以前回転寿司屋に来たとき、小野田は空になった皿をレールの上に戻していたのだ。

「それは成長ではなく、ただの常識です」

あきれながら右京が指摘する。

「あら、そう」

肩をすくめ、マグロを頬張る。

「でね……」

口を動かしながら、小野田は右京に顔を向けた。

「まだ内緒だけど、近々、大きな動きがある。お前にも力を貸して欲しい」

エビに伸ばしかけた右京の手が止まる。

「官房長の未来のために、力を貸せと？」

「僕のためなんて、とんでもない。警察組織の未来のためですよ」

「それは暗に、これ以上僕に七年前の事件の捜査をするな、ということを言いたいわけですか」

「まあ、昔の事件をほじくるばかりが能じゃないでしょ」

「なるほど」

「何が『なるほど』よ」

右京は改めてエビの皿を取った。

「どうやら、籠城事件にも、七年前の事件にも、いろいろ裏がありそうですね」

「だったら、どうするの」

それには答えず、エビの皿を小野田の前に置くと、右京は立ち上がった。

「捜査は続けさせていただきます」

一礼し、踵を返す。

「あ、そう」

去って行く右京の背中を目で追いながら、小野田は目の前のエビの握りを口に放り込んだ。

第三章　謀略

1

小野田から電話がかかってきたとき、大河内は朝一番のコーヒーを飲みながら、籠《ろう》城《じょう》事件の報告書を読み返しているところだった。

〈あのさ、警察庁まで来てくれない？〉

相も変わらぬ人を食ったような言い方にうんざりしながら、すぐにうかがいます、と告げ受話器を置く。

用件は間違いなく籠城事件に関することだ。嫌な予感がした。

官房室長の執務室では、小野田がひとりで待っていた。

「これ」

挨拶《あいさつ》もそこそこに、デスクの前に立つ大河内にイヤホンを差し出す。コードは小型のプレーヤーに繋《つな》がっていた。小野田が再生ボタンを押すのを見て、イヤホンを慌てて耳に差し込む。

わずか数秒聞いただけで、大河内は驚きに言葉を失った。

それは紛れもなく、籠城事件の最中、会議室内で録音されたものだった。どうしてこんなものが、とまず考え、警視庁で毎週行なわれる幹部会議の様子を知るため、小野田は以前から盗聴装置を仕掛けていたのだと、すぐに察した。

大胆不敵な小野田の行動に驚くと同時に、大河内は、イヤホンを通して聞こえてくる籠城犯の話の内容に驚愕《きょうがく》した。

大河内は、途中何度も空唾《からつば》を呑《の》み込んだ。

これはパンドラの箱だ、と思った。使い方によっては、警察組織が根底から吹っ飛んでしまう。

小野田はいったいこれをどうしようというのだ。

そっと官房室長をうかがう。小野田は楽しげに微笑《ほほえ》んでいる。

——やはり小野田は、これを使って何かを企《たくら》んでいるのだ。

突入作戦が開始されたところまでを聞き終え、大河内がイヤホンを耳から外すと、

「どう？」

上目遣いに見つめながら、小野田が口を開いた。

「それが録音されたのは、本当に偶然なんだけどね。でも、結構役に立つと思うんだけど」

――あのことか？

以前、小野田から聞かされていた極秘の計画が脳裏《のうり》をかすめた。

「まさか……、官房長の計画実現のために、これを使われるおつもりですか？」

「だって、最初に喧嘩《けんか》を売ってきたのは向こうだから」

「喧嘩？」

「このときの会議も、僕の計画に反対するための決起集会だったみたい。おそらく彼が仕切ってたんじゃないかな」

――「彼」とは、おそらくあの男のことだろう。

大河内には、ひとり思い当たる人物がいた。小野田の前に立ち塞《ふさ》がるであろう、最大の壁――。

「確かにあの方は、次期長官の筆頭候補ですから」

「もっとも、それどころじゃなくなったみたいだけど」

会議が始まる前に八重樫が乱入して来て、決起集会は流れた。会議の具体的な内容を知ろうという小野田の目論見《もくろみ》も外れた。しかしその代わり、籠城事件の様子が全《すべ》て録音されることになった。

「これを使って、警視庁の幹部連中に脅《おど》しをかけようというんですか？」

「君だって、僕のやりたいことに賛同してくれたじゃない。これを使えば、交渉もスムーズに進むと思わない？」

「私には、悪魔の取引きに思えてなりませんが」

大河内は拳を握り締めた。

小野田は自分を仲間に引っ張り込むつもりだ。目の前でにやついている小野田が、本物の悪魔に見えた。

「悪魔の取引きねえ。うまいこと言うね」

小野田は口許《くちもと》をほころばせた。

「ま、それはともかく……、籠城事件をこれ以上掘り下げられては困るの。特に、杉下には」

「杉下警部が動いているのですか？」

「そうなの。しつこいからね、あいつ。で、君の出番ってわけ」

大河内に真っ直ぐ視線を向ける。

「僕に協力してくれない？　いいよね？」

「私に何を？」

「まずはね……」

小野田は、朝比奈圭子の名前を口にした。

「彼女と取引きしてほしいの。説得、と言ったほうがいいかな」

続いてその内容を話し始める。

大河内は、全身から血の気が引くのを感じた。首席監察官自らがそんな不正に手を染めるなど、あってはならないことだ。しかし、目の前の警察庁官房室長は、表情を全く動かすことなく、淡々と取引内容を告げた。

言葉を発することが出来ないでいる大河内に向かい、

「君にとってもね、悪いようにはしないから」

最後に小野田はそう言った。

まるで、蛇に睨《にら》まれた蛙《かえる》だった。小野田から視線を外すことが出来ない。

「わかりました」

大河内は了承した。小野田に逆らうことなど出来はしない。

一礼し、部屋を出る。

廊下を歩き出しながら、携帯で圭子が所属する総務部装備課を呼び出す。

――もう引き返せない。

大河内は、切れるほど強く唇を噛《か》み締めた。

2

「携帯電話の発信履歴によれば、八重樫哲也はここ一年、この基地局から頻繁に通話をしています。自宅のあった場所とは違う基地局です」

パソコンの画面に映った地図を指し示しながら、米沢が右京と尊に説明した。

「自宅アパートには、ほとんど寝泊まりした痕跡《こんせき》がなかったそうですね」

右京が確認する。

「はい。つまり、この基地局のエリアに、自宅とは別の隠れ家があったということかと」

「でも、この基地局のエリアって言っても、これだけ範囲が広いと絞りようが……」

「いえ。ヒントならあります」

尊の言葉を、右京が遮った。

「ああ、そうか」

尊はうなずいた。八重樫の靴から、微量の有機溶剤が検出されていたことを思い出したのだ。

酢酸エチル、メチルエチルケトン――。それは印刷用のインクを溶かすための溶剤ということだった。

つまり――。

「印刷工場か！」

思わず声を上げた。

「なるほど」

米沢が同意する。

「隠れ家が印刷工場だとすると……」

すぐにパソコンの操作を始める。

「この地域にある印刷工場は……」

地図上の三ヶ所にマークが現れた。

「電話番号は判《わか》りますか？」

右京の質問に応《こた》え、再び米沢がキーボードを叩《たた》く。すぐに三つの工場の住所と電話番号が表示された。

携帯を取り出すと、右京は電話番号のひとつをプッシュした。

〈おかけになった電話番号は、現在使われておりません〉

アナウンスが、携帯に耳を近づけた尊にも聞こえた。

「潰《つぶ》れた印刷工場なら、隠れ家にはもってこいですね」

携帯をポケットにしまい、確信ありげに言うと、

「行きましょう」

いきなり右京は歩き出した。尊が続く。

「私も」

デスクの前から立ち上がると、米沢も後を追った。


潰れた印刷工場は、地図によると、倉庫や安アパートが林立している一角にあるようだった。尊のGT‐Rは表通りに停《と》め、三人はそこから徒歩で路地のような細い道を進んだ。

携帯のナビ画面を見ながら先頭に立って歩いていた米沢が、工場名が書かれた朽ちた看板を見つけた。

「ここですな」

右京と尊を振り返って告げる。

二階建ての古いモルタル塗りのアパートに挟まれた、さほど大きくない平屋建て。壁のコンクリートはひび割れ、窓はほとんど割れてしまっている。廃墟《はいきょ》、という言葉がぴったりくる。

工場の入り口の横に進み出た右京は、

「妙ですね」

電力会社のメーターを見ながら首を傾《かし》げた。近づいて見ると、メーターの中の円盤が動いている。

「中に誰かいるんでしょうか」

尊も不審に思った。八重樫以外に、ここを根城にしている人間がいるということなのか。

「確かめてみましょう」

右京が目で合図する。

いくらか緊張しながら、尊はドアを開けた。

割れた窓から差し込む光を頼りに、ガランとした工場の中を、三人はゆっくりと奥に進んだ。ガラスの破片や、捨て置かれたままになっている紙やプラスチックが、ときおり足元で音を立てる。

片隅に、大きなパネルで仕切られた一角がある。その隙間《すきま》から中を覗《のぞ》いた右京が尊を呼び、自分は先にパネルの内側に足を踏み入れた。

おそるおそる近づくと、仕切りの向こうに、工場には場違いな看護用のベッドと、それよりひと回り小さな簡易ベッドが置かれているのが目に入った。看護用ベッドの脇には、病院のICUでよく見る生命維持装置のようなものがセッティングされている。しかし、メインスイッチはONの状態になっているものの、装置から出ているコード類は床に垂れ下がったままどこにも繋がっていない。

簡易ベッドの上には何も載っていないが、看護用ベッドは布で覆われており、人の形に盛り上がっていた。その下にあるものは容易に想像がつく。尊は生唾を飲み込んだ。

顔色ひとつ変えることなく、右京が布を取り去る。

下から現れたのは、男の死体だった。首にタトゥーがある。

「間違いありません。曹良明です」

尊は目を逸《そ》らした。

「米沢さん、お願いします」

「はっ」

右京と尊が退《ど》くと、米沢は死体を調べるためにベッドに屈《かが》み込んだ。

さらに布を捲《めく》ったとき、大豆ほどの大きさの白い物が床に落ちた。

「ドライアイス、ですね」

手袋をはめた指先で、右京がそれを摘《つま》む。死体が腐るのを遅らせるためだろう。しかし、すでにほとんど気化してしまっているようだ。

「全身に火傷《やけど》の痕跡がありますが、古いものです」

あちこちの角度から死体を見ながら、米沢が報告する。

「右膝《ひざ》の近くに銃創のようなものもありますが、これも同じく古いですねえ。それ以外には外傷は見当たりませんし、吐瀉《としゃ》した跡もない。服毒の痕跡もありませんね」

「病死の可能性が高いと?」

「ええ」

右京の問いに、米沢はうなずいた。

「四肢の筋肉の状態などから見て、かなり長い間、寝たきりだったようです」

「八重樫哲也は、寝たきりだった曹良明の面倒を見てたってことですか?」

横に置かれた簡易ベッドで寝泊まりしながら、看護を続けていたということか。

「そういうことになりますね」

曹良明の死体に目を向けながら応えると、右京は死亡推定日時を米沢に訊《たず》ねた。

「正確には、解剖を待たないとなんとも言えませんが、おそらく、最低でも四、五日は経《た》っているかと」

「てことは……」

尊は眉《まゆ》をひそめた。

「籠城事件より前に死んでたってことですよね」

右京は、一度小さくうなずいてから、ベッド脇に置かれていたクリアファイルを取り上げた。

「カルテのコピーのようですね。でも、病院で作られたものではないようです。ファイルに印字されている名前からすると、どうやら介護施設のようですね」

「介護施設？」

右京は、すぐに携帯で検索を始めた。埼玉県にある施設のようだった。

「ここは私が」

死体の検分を続けながら、米沢が言った。

「では、私たちは施設のほうに」

右京が尊に声をかける。

「そうしましょう」

死体のある場所に長くいたくはなかった。尊は小走りに工場の出入口に向かった。外に出てひと息ついたとき、ふと誰かに見られているような気配を感じた。辺りを見回す。しかし、人影はない。

——気のせいか。

気を取り直すと、尊はまた歩き出した。

一人になった米沢は、携帯で鑑識課を呼び出し、かいつまんで事情を説明した。

「そういうわけなので、鑑識班、ならびに監察医の臨場をお願いします。現場の保全のほうは私がやっておきますので」

それだけ伝えると携帯を切り、再びベッドに向き直る。

もう少し詳しく調べてみようと死体に手をかけたとき、米沢は背後に人の気配を感じた。

「どうしたんですか」

右京たちが戻って来たのかと思い、首をひねる。

しかし、振り返る前に側頭部に衝撃を受け、床に吹っ飛ばされた。

わずかに呻《うめ》き声を漏らすと、米沢はそのまま意識を失った。

3

施設は熊谷《くまがや》市の郊外にあった。

受付で身分を名乗り、「曹良明」という患者について調べていることを告げる。ほどなく事務長と看護師長が姿を見せた。

ロビー横に設けられた応接セットで向き合って座ると、尊はすぐに曹の写真を二人に見せた。

「この男性が入院されていましたよね」

「はい。確かに」

写真に目を落としながら、看護師長が答える。

「確か、一年ほど前に転院されましたけど」

看護師長は、確認するように事務長を見た。

「そうですね、間違いありません」

事務長も同意する。

「転院に関する書類はありますか？」

「ええ」

事務長が立ち上がり、いったんロビー奥の事務室に消えると、ほどなくファイルを持って戻って来た。

書類に目を落とした尊は、自分の目を疑った。

「警視庁？」

引き取り人の欄に、「警視庁」という印が押されているのだ。

「おそらく偽造でしょう」

右京の言葉に、事務長と看護師長は驚きに目を見開いた。

「患者さんを引き取りに見えたのは、この人ですね」

今度は、右京が八重樫の写真を二人の前に置く。

「ええ。そうだと思います」

すぐに看護師長が肯定した。

「そのときは、一人でしたか？」

看護師長は、視線をテーブルに落としたまましばらく考えたが、

「私が見たのはその人だけだったと思いますけど……、はっきりとは覚えていません」

言いながら首を振った。事務長も、わからない、と答える。

「あの」

尊が口を挟んだ。書類上で気になる部分があった。

「患者の名前が不詳になってるんですけど」

「はい」

事務長は、渋い表情で答えた。

「あの患者は、四年前にここに来たときから身元不明で、意識も戻らずじまいでしたから」

「こちらに来る前は、どちらから？」

「東京の警察病院です」

——警察病院？

驚きに声を上げそうになりながら、尊は再び右京の顔を見た。右京は、なるほど、というように小さくうなずいている。

——いったい何がどうなっているのか。

尊はため息をついた。


「説明してもらえませんか？」

施設からの帰り、愛車のGT‐Rを運転しながら尊が訊いた。

「僕には、今ひとつよくわからないんですけど」

「あの火傷の痕跡から見て……」

前方に顔を向けたまま、右京が説明を始める。

「曹良明は七年前、他の三人のテロリストと一緒に、アジトだった船での爆発に巻き込まれたと見て間違いないでしょう。そして一命は取り留めたものの、意識不明になった」

「なのに、その事実は誰にも伝えられず、身元不明のまま警察病院に収監され、三年経ってあの施設に転院した。そういうことですよね。そして一年前、曹良明の居場所を見つけ出した八重樫哲也によって連れ出された」

――そこまではわかる。

「僕がわからないのは、どうして曹良明が身元不明だったのかってことなんですが……。公安部なら当然、名前も顔も、テロリストと深く関《かか》わっていたことだって掴《つか》んでいたはずじゃないですか」

「意識不明になった……。言い換えれば、死ななかったから身元不明にするしかなかったとしたら？」

「え？」

「君は、曹良明は、イスラム過激派から送り込まれた工作員ではないかと言いました。それは、あながち的外れではなかった。ただし、送り込んだ側は別物だったようです」

――別物？

「じゃあ、曹良明を組織に送り込んだのは……」

――警視庁公安部。

尊は息を呑んだ。

そんなばかな、と思った。しかし、状況から見て、それしか考えようがない。

尊が口を開きかけたとき、右京の携帯が鳴った。

「米沢さんからです」

尊に告げ、通話ボタンを押す。

「杉下です。何か判り……」

そこで右京の顔が強張《こわば》った。それきり黙ったまま米沢の言葉に耳を傾けている。

「どうしたんですか？」

携帯を切るのを見て尊が訊《たず》ねる。

「米沢さんが襲われたそうです。私たちが印刷工場を出たすぐ後」

尊は顔をしかめた。

工場から出たとき、誰かの視線を感じた。あれは錯覚ではなかったのだ。

「米沢さんは、無事なんですか？」

「いきなり後ろから殴られたようですが、幸いなことに軽い脳しんとうを起こしただけだったようです。病院で手当てを受けて、今はもう意識もしっかりしていて、勤務にも戻っているようですよ。ただ、問題は、米沢さんが意識を失っている間に、死体が消えてしまったことでしょうね」

「死体が消えた？」

曹良明の死体は、事件の謎《なぞ》を解く最重要の手掛かりになるはずだった。それが消えたということは、捜査はまた振り出しに戻ったということか。

「迂闊《うかつ》でした」

右京の言葉に苦渋が滲《にじ》んだ。

「こうなることも予測出来たのですから」

「予測って？」

「僕たちの動きは、ずっと監視されていたのでしょう」

「監視していたのは公安部ですか？」

「あるいは、公安部の息のかかった人間か……。いずれにせよ、現場には何の証拠も残っていないようです」

そのとき、再び携帯が着信音を鳴らした。

送信者の名前を見た右京の口許に、苦笑が浮かぶ。

「今度は誰が？」

それには応えず、ゆっくりと携帯を耳にあてた。

「はい……。わかりました」

それだけを口にし、通話を終える。

「誰からだったんです？」

「十二人の人質」

「は？」

「このタイミングでの呼び出しということは、敵も焦っているのかもしれませんねえ」

――「敵」とは、警視庁の幹部連中ということか。

「急ぎましょう。忙しい方々を待たせるのは悪いですから」

「では」

尊は愛車のアクセルを踏み込んだ。

4

警視庁庁舎第十一会議室には、田丸警視総監以下十二名の幹部が勢揃《せいぞろ》いしていた。まさに籠城事件の現場となった会議室だ。

右京と尊は、居並ぶ幹部たちの前に立った。

「終わりかけの事件をつつき回して、何がしたいんだ」

口火を切ったのは、川上組織犯罪対策部長だ。

「どうしてそう、早々と終わらせたいのでしょう」

川上に向かって、逆に右京が質問する。

「杉下、口を慎め！」

怒鳴ったのは内村刑事部長だ。

まだ何か言いたそうな内村を、手を挙げて田丸総監が制した。

「まあ、なんだね、無駄なことはよすがいい。そんなことしたって、君たちのためにならない」

のんびりとした口調《くちょう》で言う。

「無駄か無駄でないかはさておき、せっかくの機会ですので、お伝えしたいことが少々」

「何だね」

「八重樫哲也が、何故《なぜ》ここにいらっしゃる方々を人質に籠城をしたのか、その理由が判りました」

幹部たちが一斉に、バツの悪そうな表情で目を逸らした。

「八重樫は、一人の人物を探していました」

それには構わず、右京が続ける。

「七年前の中国系テロリスト事件の際、意識不明となり警察病院に身元不明で収監された、曹良明という男です」

今度は、幹部たちの顔が引きつった。

「やはり皆さん、この名前に心当たりがあるようですね」

「七年前……」

尊が割り込む。

「テロリスト絡みの事件で汚名を着ることになった八重樫は、曹良明が回復して証言すれば、事件の真相を明らかに出来る、そう信じて、意識不明のままの彼を施設から連れ出したんです」

「真相も何も、事件は七年前に解決しているはずだろ」

苛立《いらだ》った様子で、鶴岡交通部長が口を挟んだ。

「そうだ。公安部の活躍で、テロは無事に制圧された。それ以上でも以下でもない」

原子公安部長だ。

「いいえ。肝心なことは闇《やみ》に葬られたのです」

右京は、自分を取り囲んでいる幹部たちの顔を見回した。

「曹良明は、公安部の協力者だったのではありませんか？」

再び幹部たちの顔が歪《ゆが》んだ。

「どうやら図星のようですね」

尊がつぶやく。

――杉下さんの推理は正しかった。曹良明は公安部のスパイだったのだ。

「しかも」

右京は、顔の前で人差し指を立てた。

「公安部にとって、不都合な情報を知り過ぎている立場だった」

言いながら再び会議室を見回す。幹部たちが青ざめているのとは対照的に、右京は冷静そのものだ。

「不都合な情報とは、どういう意味かね？」

長谷川副総監が初めて口を開いた。

「残念ながら、それはまだわかっていません」

今度は、幹部たちの顔に嘲笑《ちようしよう》が浮かんだ。

「それでも、これだけは確かです」

幹部たちの反応を軽く受け流し、右京が言葉を継ぐ。

「意識不明、すなわちいつ意識が戻るか判らない状態では、戻ったとき、万が一不都合な情報を口走らないとも限らない。だからこそ、曹良明は、身元不明のまま、警察病院で監視を続けなければならなかった」

「何をバカなことを……。下手をしたら人権問題じゃないか」

内村がうそぶく。

「その通りです。このような強引な手法は、いくら公安部といえども認められるわけがありません」

そこで右京は、肩で息をついた。

「公安部には『影の管理官』と呼ばれる役職が存在します。人事記録上は存在しない役職であり、表に出せない公安マターを取り仕切る存在……。おそらく曹良明を協力者として送り込んだのも、影の管理官に違いありません」

「事件当時、公安部、もしくは近い部署に所属していて、影の管理官だった可能性のある人物は五人います」

尊は手帳のページを開いた。警視庁に戻る車の中から米沢に電話をかけ、調べてくれるよう頼んでおいたのだ。

「長谷川副総監、原子公安部長、松下通信部長、鈴木地域部長、井出警備部長」

手帳に書かれた名前を読み上げる。

「七年前に隠されたその真実を明らかにするためには、誰が影の管理官であるかを突き止めるしかない。そう思った八重樫哲也は、最後の手段に出た。それが、籠城事件の真相です」

「バカバカしい！」

鈴木地域部長が吐き捨てた。

「だいいち、証拠はあるのかね」

「そうだ。八重樫が連れ出したその男とやらは、どこにいるんだ」

松下通信部長が続く。

「残念ながら、曹良明はすでに死亡していました」

「おまけに、その死体も消されてしまいました」

右京と尊の説明に、田丸総監がホッとしたように息をつく。

「だったら、これ以上は時間の無駄だな」

田丸は、内村に顔を向けた。

「入れてくれ」

「は」

内村が立ち上がる。つかつかとドアに向かい、それを引き開ける。

ドアの向こうに立っていた男を見て、尊は眉をひそめた。

大河内首席監察官だった。

右京と尊の視線を避けるように真っ直ぐ前を向きながら、大河内は部屋の中央へ進み出た。その表情は強張っている。

大河内が右京と尊の前に立つのを待ち、田丸が口を開いた。

「この二人に説明してもらえないか」

「先ほど、総務部装備課主任の朝比奈警部補から上申書が提出されました」

「どんな内容だね」

大河内は、手にしているファイルに目を落とした。

「籠城犯の八重樫哲也は、警察学校の同期である朝比奈警部補に対し、在庁時より一方的な恋愛感情を抱いていました。しかし、彼女のほうにその気はなく、申し出を何度となく断っていたそうです」

「は？」

尊は思わず声を上げた。何を言い出すのだ。

「事件当日、八重樫は朝比奈警部補に交際を拒否されると、突如、激昂《げきこう》。所持していた拳銃《けんじゅう》を突きつけ、彼女を外へ連れ出そうと試みるも失敗」

――バカな。

口を開きかけた尊を、右京が目で制した。

「その腹いせに、たまたま定例会議中であった総監以下十二名の幹部を人質に籠城するに至ったと推測される」

大河内はファイルから目を上げた。

「以上が上申書の内容です」

右京と尊に向かって言う。

「ちょっと待ってください」

今度は、たまらず声を出した。

「そんなでまかせ、彼女が自分から言うわけがない！」

大河内に詰め寄ろうとする尊の腕を右京が摑む。

「大河内監察官、ご苦労様でした」

長谷川が声をかける。

「それでは、失礼いたします」

その場で一礼すると、大河内はすぐに踵《きびす》を返した。そのまま大股《おおまた》で会議室から出て行く。

幹部たちはいずれも薄笑いを浮かべている。この件は終わった――。誰もがそう思っているのは明らかだった。

「以上だ。すぐに出て行け」

田丸が、有無を言わせぬ口調で右京と尊に命じた。

会議室を出ると、尊は全速力で廊下を走った。

「神戸くん！」

右京が呼んだが、無視した。このまま大河内を逃がしてたまるか。そう思った。

エレベーターの前に来て階数表示を見上げると、点滅は一階を過ぎ、地階に移動した。大河内が乗っているのはまず間違いない。

——地下駐車場だ。

続いてやって来たエレベーターに乗り込むと、後ろから右京も滑り込んだ。

「何をするつもりですか」

ドアが閉まると同時に、右京が訊く。

「わかりませんよ、そんなこと。ただ、このままじゃ気が済まないんです」

「なるほど」

小さくうなずくと、それきり右京は黙った。

地下駐車場に着き、ドアが開くと同時に、尊はエレベーターから飛び出した。大河内の姿を探して、だだっ広い駐車場を走る。

一台の車が、出口に向かうのが見えた。見覚えのある車種。大河内の車だ。

通路に走り、その中央に立ち塞《ふさ》がって両手を広げる。急ブレーキのけたたましい音と共に、車は尊の鼻先で止まった。

呆気《あっけ》にとられたような表情で、窓から大河内が顔を出す。

「見損ないましたよ」

通路の真ん中に立ったまま、尊が言った。

「朝比奈圭子は、七年前の事件の被害者でもあるんです。彼女にどんな因果を含めて、あんな嘘《うそ》をつかせたんです」

「どけ」

ドスの利いた声で大河内が命じる。

「誰の差し金です」

尊は動じない。

「どけと言ってるんだ」

「こっちの質問に答えろ！」

大きな音を立てて舌打ちすると、大河内は顔を引っ込めた。

急発進でバックすると、ハンドルを切り、広げた尊の左腕に向かって突っ込んで来る。慌てて腕を引っ込め、壁際に飛びのく尊の身体《からだ》を掠《かす》めるようにして、車は出口に向かった。

「くっそう！」

尊は壁を蹴《け》った。

そこに、右京がゆっくりと近づく。

「君はときどき、見かけによらない無茶をしますね」

肩で息をしながら、尊が右京を振り向く。

「杉下さんは悔しくないんですか」

「悔しいというより、怪しいとは思いませんか？」

──怪しい？

「どうやら、朝比奈圭子さんについて、もっと知る必要がありそうですね」

右京は歩き出した。

「どこへ行くんです」

「とりあえず、磯村栄吾さんのご実家へ」

「磯村栄吾？」

七年前の事件で死んだ、圭子の婚約者だ。

──杉下さんはまだ真相の追及を諦《あきら》めていない。

尊は右京の後を追った。

5

磯村家は、世田谷区の閑静な住宅街の中にあった。父親は昨年病気で亡くなっており、実家には今は、母親の幸恵《ゆきえ》がひとりで住んでいるという。

まず磯村栄吾と父親の写真が置かれた仏壇に手を合わせ、幸恵と向かい合う。

「朝比奈圭子さんは、こちらにもよく？」

尊が口を開いた。

「ええ」

ため息混じりに幸恵がうなずく。

幸恵には、玄関先で、七年前の事件について再調査していることを正直に告げていた。ただし、調査はほとんど形式的なものだ、と嘘をついた。

「圭子さんは、栄吾が亡くなったあとも、毎年命日には欠かさずいらしてくださいました」

幸恵の口調は重い。

「でも、それがかえって辛《つら》くて……」

「辛い？」

右京が訊き返す。

「気持ちは確かに嬉《うれ》しいんですけど……、圭子さんの顔を見る度に、事件のことを思い出してしまって……。それに、圭子さんには圭子さんの人生を歩いて欲しかったんです。栄吾もそう望んでいるはずだと思いますし」

「そうですか」

「時間はイヤでも進んでいくのに、なんだか、圭子さんはまだあの頃を生きてるみたいに、つい思えて……」

幸恵は、ふと仏壇の横に目をやった。アルバムが数冊立てかけてある。栄吾と夫の思い出が詰まっているのだろう。

「失礼、そちらを拝見出来ますか？」

右京がアルバムに気づき、指を差す。

いくらか訝《いぶか》しげな顔つきになりながらも、幸恵は、いいですけど、と応えた。

仏壇の横に進み出ると、右京は「栄吾」と背表紙に書かれたアルバムを取り上げ、中を一枚ずつめくっていった。

「神戸くん」

呼ばれて側《そば》に寄った尊に、一枚の写真を指し示す。

尊は目を細めた。

三人の小学生が並んで写っている。圭子と栄吾が笑顔を向けている横で、ふざけてアッカンベーをしているのは、間違いなく八重樫だ。

「三人は、幼馴染《おさななじみ》だったのですか？」

幸恵を振り返ると、右京が訊ねた。

「はい」

横からアルバムを覗き込みながら、幸恵がうなずく。

「三人とも家が近所で、小さい頃はよく一緒に遊んでいました。中学、高校と進むにつれてあまり会うことはなくなっていたのですが、大学に入ってから、たまたま小学校の同窓会で再会したらしくて、それからまた付き合いが始まって……」

アルバムには、警察の制服を着て敬礼している三人の姿もある。

「なるほど。それで、三人揃って同じ道を歩むことになったわけですか」

磯村と八重樫、圭子は幼馴染。その三人が、七年前の事件現場に居合わせた。

――それは、単なる偶然か？

アルバムには、無邪気な笑顔を向けている若い日の三人の写真が何枚も並んでいた。


幸恵に丁寧に礼を述べ、家の外に出たところで、右京は足を止めた。

「何か？」

尊も立ち止まる。

「あの車、僕たちを監視しているようです」

道の先を、黒い車がゆっくりと通り過ぎて行った。

いきなり右京が走り出す。慌てて尊が続いた。

見かけによらず右京の足は速い。その背中がどんどん離れて行く。それでも車には追いつけなかった。

荒い息を繰り返しながら、右京が悔しそうな顔で唇を噛《か》んだ。

「逃がしちゃいましたね」

膝に手を置き、尊が息を整える。

「まあ、仕方ありませんね」

右京は肩をすくめた。

「でも、いろいろわかりました」

「いろいろ、って？」

「籠城事件の日、本当は何があったのか」

尊は身体を起こした。

「で、どうします、これから」

「警視庁に戻りましょう。試してみたいことがあります」

――試してみたいこと？

「やはり朝比奈圭子さんにも、もう一度話を訊かなければ」

自分に言い聞かせるようにつぶやくと、右京はさっさと歩き始めた。

6

小野田は、小さな庭に面した料亭の奥座敷で、金子警察庁長官と向かい合って座っていた。小野田の後ろには大河内が控えている。

テーブルの上には料理も酒もない。人払いしているため、呼ばれるまでは、接客係もこの一角には入って来ないことになっている。

「明日のマスコミ発表をもって、籠城事件の捜査は終了となります」

大河内が報告した。

小野田が、わずかに首を後ろにひねる。

「そう。ご苦労だったね」

再び前を向くと、

「万事片づいたようです」

金子に向かって言った。

「なら、始めようか」

軽い調子で小野田に声をかけると、金子は、膝を打って立ち上がった。

頭を下げたままの大河内の横を通り、襖《ふすま》を開けて廊下に出る。そのまま奥に進むと、突き当りの部屋の襖を開けた。

待っていたのは、田丸警視総監だ。苦虫を嚙み潰したような顔で金子を見上げた。

「やあ、待たせたね」

田丸を見下ろすと、金子は、笑みを浮かべながら手を挙げて挨拶し、向かい側に腰を下ろした。

「こんなところまで呼びつけて、何を始める気だ？」

田丸は、険しい表情を崩さない。

「そうだな。まずは、警視庁の幹部人事の刷新からかな」

「幹部人事……」

田丸が目を細める。

「いったい何を言ってるんだ」

金子は、背後に座った小野田に合図した。小野田が、ポケットからＳＤカードを出し、金子に渡す。

「これ、何かわかるかな」

にやにやと笑いながら、金子はカードを掲げた。

「籠城事件のときの会議室の様子が録音されてるんだよ」

「まさか……」

田丸が絶句する。

「それが、本当なんだ。ま、いろいろと楽しませてもらったよ」

金子は、テーブルの真ん中にカードを置いた。

身を縮み込ませるようにしてそれを一瞥すると、田丸は音を立てて唾を飲み込んだ。

金子の満面に、勝利の笑みが広がった。

第四章　真 相

1

デスクの引出しを開けると、朝比奈圭子は、書類の下に隠していた数枚の写真を取り出した。いずれも警察学校を卒業したばかりの頃、栄吾と八重樫と三人で撮ったものだ。

──でも、二人はもういない。

目を閉じ、唇を嚙《か》む。写真を持つ指先が震えた。

あの頃は三人とも、警察官としての将来に希望を持っていた。

──それが、何故《なぜ》こんなことに……。

怒りと憎しみが、胸の奥から噴き上がってきた。圭子は、それを抑えることを放棄した。閉じた瞼《まぶた》の裏が燃えるように熱くなる。全身が震え出す。

目を開けると、圭子は一度深呼吸し、写真の一枚をブラウスの胸ポケットに入れた。残った写真を引出しに戻し、もう一度書類の下に手を差し込む。今度手にしたのは拳銃《けんじゅう》だった。自分の手で全《すべ》てに決着をつけるため、さっき保管庫から取って来たばかりだ。

辺りに目を走らせ、誰もこっちを見ていないことを確認すると、圭子は、拳銃を素早くスーツのポケットに滑り込ませた。

ブラウスの上から写真に手をあて、「行こう」と心の中で栄吾と八重樫に声をかける。

圭子は立ち上がった。

「発煙筒はここで見つかりました」

庁舎十二階の廊下の真ん中に立ち、床の一点を指差すと、右京はその指を天井に向けた。

「あれが感知器です」

指先を追って視線を動かした尊は、

「それが、何か？」

右京に訊《き》いた。

「思い出してください。八重樫哲也は、十一階に向かう途中、何度かエレベーターを停《と》め、発煙筒を廊下に投げた。朝比奈圭子はそう供述しています」

「おかげで、なかなか降りて来ませんでした」

そのときのことを思い出して付け加えた。さっぱり進まない階数表示の点滅を見上げて、尊は苛々《いらいら》しながらエレベーターを待っていた。

「試してみましょう」

右京は足早に歩き出した。

廊下の角を曲がり、その先にある人荷用エレベーターの前に立ってボタンを押す。ほどなくドアが開いた。

乗り込み、『開』ボタンを押す。

指でボタンを押さえたまま、

「ここから、感知機のある場所まで発煙筒を投げることは不可能です。仮に……急いで降りたとして」

ボタンから指を離すと、右京はエレベーターを降り、廊下を走った。

感知器の真下まで行くと、

「発煙筒をここに置き」

床に物を置く動作をした後、素早く踵《きびす》を返す。

廊下を走り、角を曲がる。しかし、エレベーターのドアはすでに閉まっていた。

右京が閉ざされたドアを指差す。

「戻って来て乗ろうとしても、間に合いません」

「だったら、誰かが中でドアを開けて待って……」

そこで尊は目を見開いた。

「じゃあ……」

右京と目を合わせる。

「僕たちは、とんだ誤解をしていたようです。すぐに朝比奈さんのところに行きましょう」

再び人荷用エレベーターに乗り込むと、右京は、総務部のある十階のボタンを押した。

エレベーターの前で圭子と八重樫と出くわしたときのことを、尊は思い出していた。そのときからずっと、引っかかりを感じていた。違和感、と言ってもいいかもしれない。それが何か、わかったような気がした。

総務部に向かう間に自分の考えを話すと、右京はあっさり同意した。三人が幼馴染《おさななじみ》だとわかった時点で、すでにそのことを見抜いていたのかもしれない。だとすれば、やはり右京はただ者ではない。

総務部装備課は、相変わらずのんびりした雰囲気に包まれていた。しかし、デスクに圭子の姿はない。どこに行ったのか、周りの課員に訊《たず》ねたが、誰も知らなかった。

「失礼」

誰にともなくそう口にすると、右京は圭子のデスクの引出しを開けた。

「神戸くん」

言いながら写真を取り出す。三人が写っているものだった。

何か思いついたのか、右京は、今度はデスクの上の電話に手を伸ばした。受話器を上げ、リダイヤルボタンを押す。

電話機の表示を横から見た尊は、驚きに小さく声を上げた。

「特命係の杉下と申します」

電話に出た秘書官に名乗ると、今朝比奈警部補を探しているところだと告げ、さっきかかったはずの電話の内容を訊ねた。

「ありがとうございます」

受話器を置く右京の顔は、緊張に強張《こわば》っていた。

「急ぎましょう」

デスクを離れ、走り出す。

「どうしたんですか？」

遅れて走り出しながら訊いた。

「彼女はどうやら、誰が影の管理官か突き止めたようです」

「じゃあ、圭子がかけた電話は?」

「影の管理官のスケジュールを確認したようです。急がないと」

──朝比奈圭子が影の管理官の命を狙《ねら》うということか。

公園のベンチで話したときの苦渋に満ちた圭子の顔が、尊の頭を過《よぎ》った。

圭子は、警視庁玄関ホールにある「殉職者慰霊碑」の後ろに佇《たたず》んでいた。慰霊碑の陰から影の管理官を狙うことになった偶然は、圭子にいくらかの勇気を与えていた。磯村栄吾の名前は、テロを止めた殉職者として刻まれている。ここから撃つことは、栄吾と二人で復讐《ふくしゅう》を果たすことになるのではないかと思った。

ホールには、職員や見学者が行き交っている。その中に、まだ目的の人物の姿はない。

腕時計に目を落とす。

──もうすぐだ。

圭子は奥歯を噛み締めて身体《からだ》に力を込め、スーツのポケットに手を差し込んだ。いつでも抜けるよう、拳銃のグリップを固く握る。

射撃には自信があった。射撃の腕なら、栄吾にも八重樫にも負けはしない。

ホールの奥から、制服の警官や秘書官たちの一団が姿を現した。

先頭を歩いているのは、田丸と長谷川だ。その後に松下、鈴木、井出、原子の各部長が続き、ゆっくりと出口に向かっている。誰も圭子の存在に気づいていない。

ポケットから拳銃を引き抜く。

安全装置を外し、人差し指を引き金にかける。

発砲時の衝撃に耐えるため、左手で右手首を摑《つか》む。

ゆっくり銃口を上げ、左目をつむる。

照準の先に、圭子は影の管理官を捉《とら》えた。

引き金を引き絞る。

その瞬間――。

目の前に人影が飛び出し、長谷川の姿を隠した。

同時に、圭子の腕が押さえられる。

「そんなことをしても、磯村さんも八重樫さんも戻らないことぐらい判《わか》らないのですか」

圭子の横に立ち、腕を押さえている男が言った。

見ると、特命係の杉下だった。前に立ちはだかっているのは、やはり特命係の神戸だ。

長谷川が遠ざかって行く。

目を閉じ、全身の力を抜くと、圭子は引き金から指を離した。

2

三人は、そのまま近くの公園まで歩いた。

以前と同じベンチに腰を下ろす。

「何があったのか、話していただけますね」

右京は穏やかに話しかけた。

それまで呆《ほう》けたような顔をしていた圭子は、大きく一度息をつくと、

「七年前の事件の後、私は全てから目を背けていました」

覚悟を決めたかのように、しっかりとした口調で話し始めた。

「船に突入したとき、暗殺計画に関するファイルを探すと言った磯村をひとりだけ船室に残して、私は退避しました。その結果、磯村だけが死んでしまった。それが私には耐えられませんでした。あのとき私が無理やりにでも彼を連れて退避するか、彼と

いっしょに現場に残っていれば、こんなに辛《つら》い思いをすることはなかった。それを考えると苦しくて……」

圭子は唇を震わせた。

「でも、それから三年経《た》った頃、栄吾の墓の前で偶然八重樫くんに会い……」

目を逸《そ》らして逃げようとする圭子を、八重樫は追いかけてきたのだという。そして、あの事件には裏がある、と告げた。

「八重樫くんは、テロリストと見られる三人の中国人の他に、船でもう一人、首にタトゥーを入れた男の姿を見たのだと言いました」

膝《ひざ》に置いた両手に視線を落とすと、圭子は、八重樫から聞いたという、事件の夜のことを話した。

八重樫が桟橋に着いたとき、いずれの船窓にも明かりはなく、辺りに人影は見えなかった。

警戒しながら桟橋を進み、暗闇の中、目を凝らして船体に書かれたネームを読み取る。一番端にあるのが目的の船であることを確認すると、上着の下のホルスターからいったん拳銃を引き抜き、安全装置を外した。再び拳銃を差し込むが、すぐに抜けるようホルスターのホックは外した状態にしておく。

改めて船窓に目を向けた。やはり明かりはない。

——誰もいないのか？

おかしい、と八重樫は思った。誰もいないはずはない。

音を立てないよう注意しながらデッキに上がり、ゆっくりと船室に近づく。

ドアのノブに手をかけようとしたとき、背後で気配がしたかと思うと、いきなり後頭部に衝撃を受けた。倒れながら振り返ると、鉄パイプのようなものを手にした男の影が見えた。

朦朧《もうろう》とする中、必死で目を開けると、男に両足を抱えられていた。そのまま開いたドアの中に引きずり込まれる。

——待ち伏せされたのか。

そうとしか考えられなかった。

——だが、何故だ。

船室にはあと二人男がいた。その前に転がされると、一人がひざまずき、上着の中を探った。ホルスターの拳銃を見つけ、それを引き抜こうとする。

——まずい。

八重樫は、残っている力を振り絞り、銃を手にした男の腕にむしゃぶりついた。

銃が暴発し、床に着弾する。再び背後から頭を殴られた。

意識を失う直前、奥の船室から出て来る四人目の男の姿が見えた。船窓に差し込むわずかな明かりが、男の首筋に彫られたタトゥーを浮かび上がらせる。

そのまま八重樫は床に昏倒《こんとう》した。


「それが、曹良明」

尊の言葉に、圭子はうなずいた。

「事件の後、現場からはテロリスト三人の遺体が見つかりました。ですが、報告書には……」

「タトゥーの男に関する記載は、一切なかった」

右京が引き取る。

「しかも、八重樫くんは、あの夜、船に呼び出されたのだと言いました」

「呼び出された?」

「はい。八重樫くんが捜査のために使っている情報屋から連絡があり、上海マフィアに関する有力な情報を握っている人物が、八重樫くんと一対一で話したいと。それであの夜、一人であの船まで来るようにと伝えてきたそうです」

普通、捜査員は単独では行動しない。あの夜の八重樫の動きには、そんな裏があったのだ。

「しかも、八重樫くんにそのことを伝えた情報屋は、その後死体で見つかったそうです。それを聞いて私も、何か隠された裏があると思うようになって……。それから私と八重樫くんは、あの夜、本当は何があったのか調べることに躍起になりました。八重樫くんは警察官を辞めましたが、私は警視庁に残り、公安部に残っている資料を調べました。八重樫くんは、タトゥーの男の行方を探し回って……、その男の名前を突き止め、写真を手に入れました」

李華来の顔が尊の頭に浮かんだ。

八重樫にタトゥーの男の名前を教え、写真を渡したのは彼女だった。血を見るのはもうこりごりだと言っていたが、彼女が八重樫に情報を与えたことで、新たな血が流れてしまった。皮肉と言う他ない。

「あなたと八重樫さんが辿《たど》り着いた結論は……」

右京が言葉を継ぐ。

「曹良明は影の管理官が送り込んだ協力者だった、ということですね」

「はい」

「中国系反米テロリスト事件は、最初から仕組まれた、言わば影の管理官の自作自演だったということですね。つまり、爆発で死亡した三人は、過激な上海系マフィアではあっても、テロリストなどではなかった」

「そうです。当時の影の管理官、長谷川副総監は、公安部にも極秘のうちに、武装して勢力を伸ばしていた上海系マフィアのグループに、協力者の曹良明を送り込んでいたんです」

尊は言葉を失っていた。七年前の事件は長谷川が企《たくら》んだことだったというのか。

「長谷川は、武器や爆薬を買う資金を上海マフィアに与え、さらに、彼らがアメリカの国防長官の暗殺を企てているかのような偽装証拠を、曹良明に命じて彼らのアジトに運ばせたんです。その一方で、磯村と私のチームには、彼らが実はイスラム系反米テロリストであるという偽った情報を流しました」

「そしてアジトを急襲させ、曹良明にわざと爆発を起こさせた」

「わざと、って……」

尊が眉《まゆ》をひそめる。

「じゃあ、最初からテロリストを皆殺しにする計画だったんですか?」

「上海系マフィアは、所詮《しょせん》テロリストにはなれません。生きて捕まり、取調べを受ければ、最初の前提から覆ってしまいます」

「だけど、それじゃ捜査員も」

尊が圭子に視線を向ける。圭子はうなずいた。

「私たちが巻き込まれる可能性も、当然承知していたはずです。というより、長谷川は私たちの関係を利用したんです」

「あなた方の関係？」

「まだわかりませんか？」

右京が目を細め、尊を見る。

「朝比奈さん、磯村さん、八重樫さんは幼馴染でした。もし八重樫さんが目の前で敵に拉致《らち》され、命の危険が迫ったとしたら、朝比奈さんと磯村さんはどうしようとするでしょう」

「助けたいと思うでしょうね」

「当然です。まだ作戦の準備が完了していない状態でも、突入しようとするでしょう。影の管理官の狙いはそこにあった」

「狙い、って？」

「作戦の準備が完了してしまった後では、上海マフィアがアジトに使っていた船舶周辺は、蟻《あり》の這《は》い出る隙《すき》もないほどしっかりと封鎖されてしまうでしょう。そうなったら曹良明が逃げられなくなってしまう。僕は、影の管理官はいずれ曹も始末するつもりだったと思いますが、あの場にいたことが発覚することはなるべく避けたかった。だから、時限装置を仕掛けた曹に逃げる余裕を持たせるために、包囲網が完成する前に少人数で突入させる必要があったのです」

右京は圭子に目を向けた。

「人事記録を見ると、朝比奈さんが磯村さんのチームに加わったのは、事件のあった年の初めでしたね」

「そうです。私が辞令を受けてチームに合流したすぐ後に、アメリカ国防長官の暗殺計画が発覚し、磯村のチームは内偵を始めました」

「それって、つまり……」

尊が口を挟む。

「最初から三人の関係を利用するために、事件の何ヶ月も前から仕組まれた計画だったと……」

「当然そうでしょう」

「でも、なんだって、そんな計画を？　上海マフィアを反米テロリストに偽装して皆殺しにするなんて……。意味がわかりません」

「それは、当事者に問い質《ただ》してみなければわからないでしょうねえ。影の管理官には、計画を実行しなければならない理由があったはずです。そして、その計画は、途中までは完璧《かんぺき》に進みました。しかし、最後の瞬間に誤算が生じた。曹が流れ弾に当たって負傷してしまったんです」

「そういえば、米沢さんは、曹の右膝《ひざ》の近くに古い銃創があると言ってましたね」

「そうです。そのために曹は逃げ遅れ、爆発に巻き込まれた挙句、意識不明となった。曹の扱いに困った影の管理官は、まず身元不明の男として警察病院に入院させ、意識が戻る見込みがほとんどないことを知ると、介護施設に移した。そのまま死んでくれれば、言うことはなかったでしょうが……」

「曹良明は、私と八重樫くんの最後の希望でした」

ぽつりと圭子が漏らした。

圭子と八重樫は、とうとう曹良明が埼玉県にある介護施設にいることを突き止めた。しかし、口も利けず、意識が戻るかどうかさえもわからない。

でも、二人はあきらめなかった。生命維持装置やプリペイドタイプの携帯を用意するなど周到な準備を行なった後、偽造書類を使って曹良明を施設から連れ出した。全ては、隠された真実を明らかにするために。そして、死んだ磯村栄吾の無念を晴らすために。

「結局、意識は戻らなかったんですか?」

尊の問いかけに、圭子は目を伏せ、唇を嚙んだ。

「何度か意識は戻りかけたんです。爆薬を爆発させたのは影の管理官の命令だったのか、という質問にはうなずいていました。ただ、声を出すことは出来ず、その名前まではわからなかった。でも……」

尊に目を向ける。

「影の管理官は間違いなく実在する。その確信を得た八重樫くんと私は、告発文を書きました」

「告発文？」

「二人で調べ上げた事実を洗いざらい書いて、警視総監以下、十二名の警察幹部全員に送りつけたんです」

「それで、結果は？」

「何も……。全員が握り潰しました」

「ようやく判りました」

苦渋に満ちた声で右京が言う。

「人質になった十二人が、揃《そろ》いも揃って籠城の際の八重樫さんの要求を語ろうとしなかった理由は、それだったんですね」

「告発文を握り潰した後ろめたさ、ですか」

「それにしても、十二人全員が揃って不正から目を背けるとは……」

「今の幹部連中は、田丸総監と長谷川副総監のイエスマンばかりです。二人の意向には逆らえませんよ。抜け駆けして何かしようものなら、すぐに更迭されてしまうでしょうし」

「なるほど」

右京は苦笑した。

「告発文を握り潰され、曹良明も死んで、八重樫さんは強行手段に出るしかなくなったのですね」

圭子は手のひらで顔を覆った。その肩が激しく震え始める。

「どうして……」

手のひらから顔を上げると、圭子は、怒りに燃える目で右京を睨《にら》んだ。

「どうして私を止めたんです。七年前、磯村や私たち捜査員を駒《こま》のように切り捨て、今度は八重樫くんまで殺して、しかも何の罪にも問われないなんて……」

「たとえどのような事情があっても、目の前の犯罪を、ましてや復讐などという行為を、止めないわけにはいきません」

「そんな綺麗《きれい》ごと言われたって！」

圭子は吐き捨てた。

尊は、圭子の口から血が滲《にじ》み出すのを見た。きつく嚙み締めすぎて唇が裂けたのだろう。今圭子の全身を貫いているのは、復讐《ふくしゅう》を邪魔された無念の思いだけなのかもしれない。

——でも、圭子は間違っている。

「あなたは罪を犯してはいけないのです」

諭すようにして、右京は言った。

「何より、亡くなった八重樫さんがそれを望んでいません」

「何を言ってるんです。どうしてあなたに八重樫くんの気持ちが……」

「ずっと引っかかってたんです」

尊が圭子を遮った。

「エレベーターの前であなたたちと遭遇したときのこと、覚えてますか？」

圭子の表情は動かない。

「あのシチュエーションでいきなり人と出くわしたら、普通拳銃は隠そうとするでしょう？　武器を持っているのが見つかってしまったら、最悪の場合、計画を続けることが出来なくなってしまう。僕だったら、拳銃が見えないようにポケットに深く突っ込みます。でも、八重樫さんは逆だった」

「逆？」

「拳銃を持っているのが僕から見えるように、ポケットからわずかに出した状態にしていたんです」

あのとき、確かにポケットからわずかに拳銃のグリップが覗《のぞ》いていた。しかし、八重樫が着ていたアーミージャケットのポケットは、拳銃がすっぽり隠れてしまうくらい深かった。隠そうと思えば、簡単に隠せたはずなのだ。

「八重樫さんは、僕にワザと拳銃を見せたんです」

圭子は目を見開いた。

「どうして?」

「もちろん、僕にあなたを助けさせるためです」

「そんな……」

圭子は絶句した。さっきまで怒りのために据わっていた目が、わずかに泳ぎ始める。

「ひとつだけ訊きたいのですが」

圭子のほうに身を乗り出し、真っ直ぐ目を向ける。

尊には気になっていることがあった。

「僕と出くわしたとき、あなたと八重樫さんは、エレベーターの中で揉《も》み合っていました。どうしてですか?」

「それは……、会議室に乗り込むのは自分ひとりでいいから、私に職場に戻れと、八重樫くんが……。だから私は、自分も一緒に行くと言って……、それで揉み合いに……」

話しながらその意味に気づいたのだろう、圭子は息を呑んだ。

「そんなことだと思いました」

尊は微笑《ほほえ》んだ。

「もうわかったはずです。僕があなたを助けたのは、アクシデントじゃなく、八重樫さんの意志だったんです」

「おそらく、彼は気づいていたのでしょう。影の管理官が誰か判れば、あなたはその場で銃をその人物に向けたであろうことを」

圭子は目を閉じた。再び両手で顔を覆う。

「八重樫さんは、あなたの中のその隠しきれない復讐心に気づいていたのですね」

「気づいていたなら、どうして」

圭子は言葉を返した。しかし、その声に最早力は籠《こも》っていない。

「まだ判らないのですか」

右京は、ゆっくりと、静かな口調で言った。

「磯村さんも八重樫さんも、自らの命を賭《と》して、あなたを守ろうとした。あなたの命を守り、そしてあなたに復讐という愚かな行為をさせまいとした二人がいたからこそ、あなたは今ここにいる。そのことを決して忘れてはいけません」

顔を覆っている指の間から涙がこぼれ落ちたかと思うと、圭子は、全ての力を失ったかのように膝から崩れ落ちた。そのまま声を上げて泣き始める。

右京と尊は、その様子をじっと見守った。

3

第十一会議室のテーブルの下に潜り込み、その裏側を調べていた米沢が、「ありました」と告げた。右京と尊が身を屈《かが》め、米沢が指し示す場所を覗き込む。

米沢は、ドライバーの先端を使ってテーブルの一部を外した。外した板の内側に、カセットテープほどの大きさの器具が取り付けられている。盗聴器だ。合板をくり抜いて埋め込まれていたのだ。

「電池式のようですな」

テーブルの下から這い出しながら、米沢が盗聴器を差し出す。右京が受け取り、点検するように見回した。

「しかし、どうしてこの部屋に盗聴器があると？」

「朝比奈圭子が教えてくれました」

尊が答える。

あの後、いくらか落ち着きを取り戻した圭子は、大河内監察官との取引きの話をしてくれた。

大河内は、圭子を昇進させ、公安部に復帰させるかわりに、「八重樫哲也が一方的に圭子に恋心を抱いていた云々《うんぬん》」という上申書を提出するよう求めた。しかし、彼女が要求したのは別の条件だった。圭子は、上申書と引き換えに、影の管理官の正体を教えて欲しいと大河内に迫った。その条件を、大河内は呑《の》んだという。

「つまり、大河内さんは、影の管理官が長谷川副総監だと知っていたわけですか」

眼鏡をずり上げながら、米沢が尊に訊く。

「それだけじゃなくてですね、驚いたことに、大河内さんは、籠城中の室内の音声を録音したテープを持っていたそうです。それを朝比奈さんに聞かせ、あとのことは自分たちに任せるようにと説得したとか」

「なるほど。それで、盗聴の可能性が……」

そこで米沢は首を傾《かし》げた。

「それにしても、誰が仕掛けたんでしょう。首席監察官自らが盗聴に手を染めるとは思えませんが……」

「ああ、そうでした」

そこで突然、右京が声を上げた。

「私としたことが、どうしてすぐに気づかなかったのか……」

いきなりドアに向かって歩き出す。ポカンとした顔で見送る米沢を残し、尊は慌てて後を追った。

「どこへ行くんです？」

「中園参事官に、ちょっとした確認です」

それだけ答えると、右京はエレベーターに乗り込んだ。


六階まで降りた右京と尊は、参事官室に向かおうとして、ちょうど廊下を歩いている中園の後ろ姿を見つけた。すぐに後を追う。

「すみません」

後ろから声をかけられ、振り返った中園は、露骨に顔をしかめた。

「少しうかがいたいことがあるのですが」

「お前たちの話に付き合う暇はない！」

吐き捨て、歩調を速めた中園に、右京が小走りに近づく。

「ひとつだけでよろしいのですが、お答え願えませんか」

「答えてくれるまで、どこまでも付きまといますから」

両脇を挟み込むように、尊も中園の横に並んだ。何の確認かわからなかったが、ここは右京に協力しようと思った。

「ああ、もう……」

うんざりした顔で中園が立ち止まる。

「なんだ？」

「籠城事件の夜、僕が会議室の窓の外で撮った八重樫の写真を届けたとき、参事官は『たったひとりで籠城して、おまけに何も要求しないってのはどういうつもりなんだ』。そうおっしゃっていました」

「それがどうした」

「写真を見る前なのに、どうして籠城犯が一人だと判っていたんですか？」

――なるほど。

尊はうなずいた。言われてみれば確かにおかしい。

「それは……、警察庁のほうから、解決を急ぐように電話で要請があって……」

――そういえば電話があったな。

尊は思い出した。右京が、人質の命を第一に考え、強行突入は最後の手段とするよう、中園に詰め寄った直後のことだ。あれは確か、小野田官房室長からの電話ではなかったか。

「そのとき、小野田官房長が……」

中園は、記憶を辿るように目を細めた。

「『籠城犯一人に、いつまで手間取ってるのかな』と……」

小野田は籠城犯がひとりであることを知っていた。つまり、盗聴器を仕掛けたのは――。

「ありがとうございました」

それだけ聞くと、右京はさっさと踵を返した。

「おい、なんだ、どういうことだ！」

中園の怒鳴り声が背後で聞こえたが、右京は完全に無視した。尊が振り向き、にっこり笑ってお辞儀する。

「貴様らあ！」

中園は、しばらくの間、廊下の真ん中で地団太を踏んでいた。

一階に降り、警視庁庁舎の玄関を出ると、右京と尊は、隣にある中央合同庁舎に向かった。

小野田は、二人が来るのを薄々予想していたようだ。来訪を告げると、すぐに十九階にある執務室に通された。

小野田はデスクの向こうに悠然と座り、その傍らには、まるで警護をするように部下の丸山が立っている。

「あなたらしくない手段に出られたものです」

デスクの前に立つと、いきなり右京は言った。

「おや、いきなり訪ねて来て、何の話？」

右京は、盗聴器をデスクに置いた。

「長谷川副総監をはじめ、現警視庁幹部の中には、金子警察庁長官や官房長と対立する立場の人間も大勢います。だからといって、会議を盗聴するのは違法行為です」

小野田は、右京の言葉を無視するように、横に立つ丸山を見上げた。

「彼、丸山くん、ていうんだけど、こう見えても器用でね。結構役に立つんだよ」

丸山が小さく咳払《せきばら》いする。

それを、今度は右京が無視した。

「録音の内容を教えてはいただけませんか？」

「教えてください」

尊も身を乗り出す。

「八重樫が籠城している間、七年前の事件の真相は語られたんですか？」

「それ聞いて、どうなるの？」

「はい？」

「だって、もう事件は解決しているでしょ。犯人は死んだんだし」

「七年前の事件の真相は闇《やみ》のままです」

「それを明らかにしても、誰かを罪に問えるのかな？」

尊は、ぐっと言葉に詰まった。右京も黙っている。

「だったら、無意味なことはやめにしたほうが賢くない？」

「いえ。無意味などではありません」

落ち着いた口調で右京が言った。

「我々警察官に出来ることは、真実を知りたいと願う人間に代わって、真実をつまびらかにすることだけなのですから」

「前にも言ったと思うけど、そんなふうに自己満足な正論を叫び続けると、いずれお前と決定的に対決しなければならなくなるじゃない」

「自己満足な正論、ですか」

「僕だって、お前と闘うのは避けたいんだよ」

小野田は真っ直《まっす》ぐ右京を見上げた。右京も小野田から目を離さない。二人の視線が火花を散らした。

――絶対的正義と大局的正義。

大河内の言葉を思い出した。

尊は、瞬きするのも忘れ、対峙《たいじ》する二人の姿を見つめた。

その夜、尊は地下駐車場で大河内を待った。ひとこと言ってやりたいことがあった。大河内が小野田の大局的正義に与《くみ》するなら、今回自分は右京の絶対的正義の側につこうと思っていた。元々警察庁の意向を受け、特命係に送り込まれた自分が、警察庁と対立する位置に立とうとしていることは、皮肉以外の何物でもない。しかし、今度ばかりは譲ることが出来なかった。

大河内が姿を見せた。尊に気づくが無視し、黙ったまま車に乗り込む。閉まりかけたドアを、尊が摑んだ。

「朝比奈圭子が、長谷川副総監を殺そうとしました」

「なに？」

さすがに驚いたようだ。顔色が変わった。

「もちろん未遂で止めました」

尊は、薄く笑いながら大河内を見下ろした。

「そこまでするとは思わなかった。そう言い訳しますか？」

大河内は、唇を真一文字に引き結んだ。

「ひとつ、教えてください」

険しい表情で尊を見上げる。

「大河内さんは、何を守るため、誰を救うために警察官でいるんです？」

尊を見つめる目がわずかに泳いだ。大河内の口から言葉は出なかった。

ドアを閉め、そのまま踵を返す。

車の発進音はなかなか聞こえてこなかった。

4

翌朝――。

第十一会議室に、田丸警視総監以下十二名の幹部が集められた。招集をかけたのは小野田官房室長だ。

小野田は、田丸総監の隣に腰を下ろしている。その脇に影のように立つ丸山が、全員が着席するのを待って書類を配り始めた。

「こんな朝早くから緊急招集とは、何事ですか」

寺門警察学校長が、不満げな顔を小野田に向けた。

「金子警察庁長官からの、来期以降の人事刷新案です」

澄ました顔で小野田が答える。

「なんだね、これは」

書類に目を落とした原子公安部長が、驚きに顔を歪《ゆが》めた。

「私たちをここから一掃する気か！」

「警察庁の横暴以外の何物でもない！」

井出警備部長と田中総務部長が、続けて声を上げる。来期の幹部人事案から、この場にいる人間全てが外されているのだ。

「長官は、みなさんが必ずや承諾されるだろうことを想定されています」

小野田は、スーツのポケットからＳＤカードを取り出した。

「何より、こちらには、これがありますから」

籠城事件を録音したカードの存在は、田丸を通じて、すでに全幹部に知らされているはずだった。初めて現物を目にした十一名は、一様に押し黙った。

「さすがに、一度に全員というわけには参りませんので……」

小野田が幹部の一人に目を向ける。

「まずは、三宅生活安全部長」

書類を見ていた三宅が、弾《はじ》かれたように立ち上がった。

「懲戒解雇だと！」

声を裏返らせながら小野田を睨《にら》みつける。

「私の名前の横に、『懲戒解雇』と書いてある！」

三宅は、書類を振り回した。

「どういうことだ！　説明しろ！」

「ご説明いたします」

小野田ではなく、丸山が言った。

「内部監察の結果、過去にずいぶん、問題のあることをされていますね。交通違反の揉み消し、裏金作り、収賄まがいの金品の授受——。当然、罪は償っていただきます」

「そんなの、よくあることじゃないですか。第一、今までは全て見逃されてきたのに、なんで今さら……」

丸山は取り合わない。

「追って、警察庁から正式な辞令が交付されますので」

何の抑揚もない口調で告げると、小野田に目で合図した。

「今日のところは、そういうことで」

そうそぶき、小野田が立ち上がる。

「待ってください！」

背を向け、歩き出した小野田と丸山を、三宅が呼び止めた。

「私がノンキャリアだからか？　こんな、まるで生贄《いけにえ》みたいな真似《まね》……。どうして……」

「自業自得じゃないのかな」

立ち止まるが、振り向くことなく小野田は言った。

「違う！」

三宅は必死の形相だ。

「私は総監や副総監の顔色を見ていただけで、手を組んだ覚えなどない！」

「見苦しい」

内村刑事部長が、ボソッとつぶやいた。その声が耳に入ったのか、三宅の顔が歪む。

小野田は、今度は振り返り、幹部たちの顔を見回した。

「例の男の、告発文を握り潰した時点で、みなさん全員、同罪であることをお忘れなきように」

「小野田官房長」

それまで黙っていた長谷川副総監が、席から立ち上がった。

「あなたがやろうとしていることは、国民を守るという崇高な使命を政治家任せにする、まさに暴挙であることが判らないのかね」

一瞬睨み合ったが、小野田はすぐに口許《くちもと》をほころばせた。

「神輿《みこし》は軽いに限る。それが私の持論なものですから。失礼」

再び踵を返すと、軽い足取りで会議室から出て行く。

小野田が去ったドアを、長谷川は立ったままじっと見つめた。

5

――大河内さんは、何を守るため、誰を救うために警察官でいるんです？

昨夜駐車場で発した言葉は、自分自身に向けて言ったことでもある。警察庁から特命係に送り込まれた自分が、警察庁の意向に刃向かうためには、それなりの覚悟が必要なのだ。

エレベーターで特命係のある三階に向かいながら、尊はもう一度、七年前の事件について、そして籠城事件について、思いを巡らせた。

今回は、どう考えても、警察庁のやり方は間違っている。事件を揉み消そうと躍起になっている警視庁の弱みにつけこみ、自分たちが優位に立とうとしているのだ。そこには、死んでいった磯村と八重樫の無念や、圭子の苦しみなど、一顧だにされていない。

――警視庁と警察庁は、いつからこんな非人間的な組織になってしまったのか。

重い気分でエレベーターを降りた。角田課長らの視線を感じながら組織犯罪対策課のスペースを抜け、特命係の部屋に入る。右京はまだ出勤していないようだ。

すると、デスクの上にデジカメが置いてあるのを見つけた。その下にメモが見える。

『重要な証拠ゆえに、直接お届けにあがりました』

文章の下には大河内のサイン。

尊は頬《ほお》を弛《ゆる》めた。大河内は、わかってくれたのだ。

「大河内監察官が、わざわざ届けてくださったようですね」

いつの間にか部屋に来ていた右京が、背後から声をかけた。

「あなた、大河内さんに何をしたんです？」

「別に何も」

尊は肩をすくめた。話すほどのことではない。

「重要な証拠、ですか」

右京がデジカメを取り上げる。

「いったい何でしょうね」

しかし、電源を入れても何も映らなかった。

デジカメからＳＤカードを抜き出し、パソコンのスロットに差し込む。

「やはり映像ではありませんね」

「音声ファイルですか？」

右京はマウスを素早く動かした。再生が始まる。

まず、非常ベルと銃声が聞こえた。

〈動くな、静かにしろ〉

男の声。八重樫か。

〈なんだ、君は〉

今度の声は、間違いなく田丸総監だ。

〈全員手を挙げろ！　逆らえば警視総監を撃つぞ、早く！〉

右京と尊は顔を見合わせた。

――籠城事件の盗聴テープ。

右京と尊は、聞こえてくる音声に神経を集中した。


「止めてください」

じっと目を閉じ、録音を聞いていた右京が、尊に命じた。

もう何十回聞き返したかわからない。

ＳＤカードには、七年前の事件について触れ、幹部たちが告発文を握り潰したことを非難し、影の管理官に名乗り出るよううながす八重樫の声が、はっきりと録音されていた。もし表沙汰《おもてざた》になれば、警察組織が吹っ飛びかねないような内容だ。

しかし右京は、八重樫の話の内容以外の部分に気を取られているようだった。

「十秒戻して、もう一度」

尊がパソコンを操作し、指示通り再生する。

しばらくの間微動だにせず耳をそばだてていたが、やがて右京は尊に目を向けた。

「何か判ったんですか？」

尊の問いかけにうなずくと、

「ええ。恐ろしいことが判りました」

険しい表情で右京は答えた。

「聞こえませんか？」

パソコンを指差す。

「何がです？」

尊はスピーカーに耳を寄せた。

コツコツ、ドン――、ドン、コツ、ドン――。

確かに何か聞こえる。これは……。

「誰かが、テーブルの足を蹴《け》ったり床を踏んだりしているんです」

「それが……」

「ええ。メッセージになっているんですよ」

右京は立ち上がった。

「どこへ?」

「捜査一課です。大河内さんだけでなく、一課にも、今度の捜査に不満を持っている人たちがいるでしょう?」

――なるほど。

遅れて尊も立ち上がった。

6

海上をクルーザーが疾走している。長谷川副総監が所有する高性能クルーザーだ。休日には、腰ぎんちゃくである松下通信部長と鈴木地域部長を従え、長谷川はときどきこうして海に出ることがあるらしい。警視庁の幹部ともなると、休日でも居場所は明らかにしておかなければならないため、この場所を突き止めるのは簡単だった。

「けっ!」

滑るように海上を進むクルーザーを目で追いながら、尊の横で伊丹が吐き捨てた。

スだ。

三浦と芹沢は緊張に強張った表情で立っている。右京は相変わらずのポーカーフェイ
「行きましょうか」

クルーザーが戻って来るのを見て、右京が桟橋に歩き出す。モバイルパソコンを小脇に抱えた尊と捜一の三人組が、ぞろぞろとその後に続いた。

碇泊《ていはく》したクルーザーから飛び降り、ロープを杭《くい》に繋《つな》ぎ始めた松下は、右京たちに気づくと驚きに声を上げた。

「な、なんだ、お前ら」

松下は明らかに焦っている様子だ。声を聞きつけた長谷川と鈴木も、船内から姿を現した。

「アポがなくても結構だとおっしゃったので、お言葉に甘えさせていただきました」

船上の長谷川に向かって右京が言う。長谷川は鼻先で笑った。

「用があるなら、さっさと言いたまえ」

「あなた方に、殺人の容疑がかかっています」

淡々と告げる右京に、松下が目を剝《む》いた。

「お前ら、気は確かか！」

「いたって正気のつもりですよ」

右京が松下に顔を向ける。

「籠城中の八重樫哲也がそうであったように」

「つまり、我々にかかっているというのは、八重樫哲也殺害容疑かね？」

船上から長谷川が訊く。

「八重樫哲也は、中国系反米テロリスト事件を捏造《ねつぞう》した当時の影の管理官を探し、真実を聞き出そうとして逆に殺されたのです」

「バカバカしい」

松下がうそぶく。

「そもそも、どうして私たち三人なんだ？」

「それは、証拠が見つかったからです」

尊は、三人全員に見えるよう、ＳＤカードを高く掲げた。

松下と鈴木が息を呑んだのがわかった。長谷川は目を細め、じっとカードを見つめている。

「乗ってもよろしいですか？」

右京が訊ね、長谷川が返答する前にクルーザーに飛び移った。

長谷川は微《かす》かに顔をしかめたが、言葉を発することなく、先頭に立ってドアを開いた。

　全員がクルーザー内のサロンに入ると、尊は手にしていたパソコンをテーブルに置き、ＳＤカードを差し込んだ。すぐに再生が始まる。

　非常ベルと銃声。

〈動くな、静かにしろ〉という八重樫の声――。

「もうおわかりかと思いますが、これは籠城事件のときの会議室の様子を録音したものです」

「何でそんなものをお前らが……」

　食ってかかろうとする鈴木を、手を挙げて長谷川が制した。

「それで？」

　冷静な態度で、右京に先を促す。

「聞いていただきたいのは、八重樫さんの話の内容ではありません」

　尊は、録音された音声を先に進めた。

　静かに、というように、右京が人差し指を唇にあてる。

　コツ、ドン、コツ――、ドン、コッコツ――。不規則な音が、微かに聞こえてくる。

「この音は、モールス信号ですね？」

　松下と鈴木は、同時にお互いの顔を見た。怯《おび》えているように見える。長谷川は、腕を組んだまま微動だにしない。

「本来モールス信号は、トンとツーの二種類の信号で構成されています」

右京は、テーブルの足を爪先《つまさき》で蹴った。コツ、という軽い音が響く。

「この音がトン」

今度は床を足裏で叩《たた》いた。さっきよりいくらか重い音が出た。

「そして、この音がツー」

もう一度続けて音を出した。コツ、ドン――。録音されていた音とほぼ同じだ。

「普通の人には、苛立《いらだ》ってテーブルを蹴ったり床を踏み鳴らしたりしているようにしか聞こえませんが、判る人ならば意味を理解出来ます」

右京は、スーツのポケットから、信号を文字に書き起こしたメモを取り出した。

「シ・マ・ツ・シ・ヨ・ウ」

一文字ずつ区切り、ゆっくりと発音する。

「そのあとは、マ・ツ・シ・タ・ガ・キ・ヲ・ヒ・ケ」

松下の顔から血の気が引いた。

「信号は、さらにこう続きます。ス・ズ・キ・ト・ビ・カ・カ・レ」

鈴木がうつむき、小さく首を振る。

「最初から疑問でした。何故松下部長は、突然椅子《いす》から転げ落ちたのか。そして、そのタイミングを狙いすましたかのように、鈴木部長が飛びかかれたのは何故か。もし直後に強行突入がなかったら、かなり危険な行為でしたがね」

「こちらにうかがう前、内村刑事部長に会って確かめて来ましたよ」

長谷川を睨みながら、伊丹が言った。

「突入の直前、近くにいた長谷川副総監の貧乏ゆすりの音が耳障りだったと」

「副総監――。松下部長と鈴木部長に指示を出したのはあなたですね。そして、あなたが八重樫さんを撃った」

「想像でモノを言われても困るが」

「いえ。想像ではありません」

右京は、身体ごと長谷川に向き直った。

「乱入してきた八重樫哲也の目的を、あなたはすぐに察したはずです。七年前の事件の真実が外部に漏れることを恐れたあなたは、八重樫哲也の口を封じる最善の策を思いついた。そして、その恐ろしい計画を仲間二人に伝えた」

右京は、爪先と足裏で音を出した。

「今のが、あなたが送った最後の信号です」

真っ直ぐ長谷川を見据える。

「オ・レ・ガ・ウ・ツ」

長谷川は目を閉じた。

「自分が最も冷静に行動出来る。そう判断したからこそ、自ら手を下されたのですね。あの発砲は、最早正当防衛でも、過剰防衛ですらなく、明らかな殺人です。それでもまだ、嘘《うそ》の証言を続けるおつもりですか？」

「いや、しかし……」

慌てて何か言いかけた鈴木を、

「もういい」

長谷川が止めた。

大きくひとつ肩で息をつき、右京に目を向ける。

「冷戦が終結して以降、公安部は常に存続の危機にさらされていた」

長谷川は、ゆっくりとした口調で話し始めた。

「九十年代の教団テロや二〇〇一年の9・11直後の世界的テロの気運で、なんとか存在意義を示してはいたが、日本ではテロなど起きっこないという風潮が強くなるにしたがい、予算も縮小された。このままでは、公安という組織自体の存続が危うくなるところだった」

「全ては、公安部の存続のためですか」

「あの頃は特に、公安部の存在意義を示すことが何よりの急務だったんだ」

「そんなことのために偽テロ事件を起こしたんですか？」

尊は怒りに震えた。たったそれだけの理由で何人もの命が失われたというのか。

「そんなこと、ではない。重要なことだ。君には、それが判らんのか」

「その事実が明らかになることを恐れて、あなたは八重樫哲也さんを殺害した。認めていただけますね？」

右京の言葉に、長谷川は薄く笑った。

「君は、もっと冷静な判断が下せる人間だと思っていたが」

「どういう意味でしょう」

「この日本において、真の意味で国民を守れるのは我々警察だけだ。中でも、公安部こそ、常にその中枢になくてはならない。平和ボケした奴らの戯言《たわごと》で、公安の権威を失墜させるような事態は、一億三千万国民のためにも、あってはならない」

「お言葉ですが、副総監。あなたが殺した磯村栄吾さんも八重樫哲也さんも、かけがえのない国民の一人であることを、あなたはお忘れです」

いつも温和な長谷川の顔が、わずかに歪んだように見えた。

目を伏せ、小さく首を振ると、

「私は、君の活《い》かし方を間違えたようだな」

最後にそう言った。

尊を押し退《の》け、伊丹が前に進み出る。

「長谷川宗男。八重樫哲也殺害容疑で任意同行願います」

「お二人にも、殺人の共犯容疑がかかっています」

三浦が松下と鈴木に告げる。

——終わった。

尊は全身から力が抜けるのを感じた。

これで全てが明らかになるはずだ。警視庁と警察庁からは、たまっていた膿《うみ》が絞り出される。そうなれば、少しはまともな組織に生まれ変われるだろう。

今回は右京の絶対的な正義が勝利した。

悔しそうに顔を歪める小野田の姿が脳裏に浮かんだ。

7

「やれやれ……」

デスクの前に立つ大河内を見上げ、小野田はため息をついた。

「杉下右京に録音を渡した罪は大きいね」

長谷川たちが任意の事情聴取を受けているという情報は、すでに小野田の耳にも届いている。もちろん、右京たちが、大河内が持っているはずのＳＤカードを手にしていたことも。

「それにしても……」

上目遣いに大河内を見つめる。

「君ともあろうものが、何でまたそんな真似をしたのよ」

大河内は答えない。

「まあ、いいや。済んだことほじくり返しても仕方ないもんね」

「私は、責任は自分で取るつもりです」

「またまた」

小野田が、身体を椅子の背にもたせかける。

「辞めるなんて言わせないからね。君をヒーローになんかさせるわけないじゃない」

「では、どうされるおつもりですか」

大河内は、わずかに身を乗り出した。

「杉下警部は立ち止まってくれませんよ」

「僕が止めますよ」

「止める？」

小野田は、横に立つ丸山に視線を向けた。

「こっちにはまだ奥の手があるの。まあ、見てなさい」

大河内も丸山を見た。丸山は、いくらか強張った表情で顔を背けた。


圭子から連絡を受け、右京と尊は一階ホールに降りた。

圭子は慰霊碑の前に佇んでいた。右京と尊に気づき、笑みを浮かべながら軽く頭を下げると、

「今から監察室に出頭します」

晴れ晴れとした表情で言った。

全て吹っ切れたのだろうと尊は思った。

長谷川たちの逮捕は時間の問題だ。八重樫は死んでしまったが、全ての真実を白日のもとにさらし、影の管理官を裁きにかける、という目的は達成されつつある。

「八重樫さんの計画を知っていて、なおそれに加担した、監禁の共犯。長谷川副総監への殺人未遂。決して見逃せる罪ではありません」

穏やかな口調ながら、はっきりと右京は告げた。

「わかっています」

圭子は深くうなずいた。

「取調べと裁判を通じて、真実を全て明らかにするつもりです」

きっぱりと言う。

「しっかり」

尊の言葉に、圭子は美しい笑みで応《こた》えた。

一礼し、去って行くその後ろ姿を見ながら、彼女なら、罪を償った後もう一度やり直せるだろうと尊は思った。

右京も、優しい眼差《まなざ》しで見送っている。

圭子の姿が見えなくなったとき、尊の携帯が鳴った。

伊丹からだ。

長谷川の逮捕の知らせか、と期待しながら通話ボタンを押す。しかし、聞こえてきたのは伊丹の不機嫌な声だった。

〈どうなってんだ！〉

吐き捨てるように言う。

事情を聞いた尊は、唖然《あぜん》として言葉を失った。

まだ何も終わっていなかった。

三階に上がると、右京と尊は足早に廊下を進み、ノックすることなく取調室のドアを引き開けた。

「ああ、杉下警部」

救いを求めるように、三浦が声をかけた。

「突然、自首して来て」

芹沢は困惑の表情だ。

取調べデスクの向こうには丸山がいた。向かい合って座っている伊丹が、尊に渋面を向けると、

「全く、どうなってるんだか」

うんざりしたように言う。

「どうしてこのような真似を？」

デスクに近づきながら、右京が訊ねた。

「どうして？」

丸山が、嘲笑《ちょうしょう》するように唇を歪める。

「罪を犯したら、償うのは当然のことです」

「第十一会議室に盗聴器を仕掛けた、建造物侵入ですか？」

「微罪じゃねえかよ」

伊丹は舌打ちした。

「いったい何だって、このタイミングで自首なんか……」

「狙いは判っています」

尊は、丸山の顔をじっと見つめた。

「盗聴録音は、それ自体著しく反社会的手段であり、相手方の人格権を侵害していて証拠能力はない」

「まさか、あの録音の証拠能力をなくすために?」

呻くようにして伊丹が言った。三浦と芹沢の顔が歪む。

「汚い」

尊は、思わず口にした。

――小野田を甘く見ていた。まだこんな手があったのだ。

「官房長が、あなたは役に立つと言っていた意味を、僕は誤解していたようです」

右京は苦い顔でため息をついた。

「全ては私ひとりの意志によるものです。誤解のないように」

余裕綽々《しゃくしゃく》、といった態度で丸山が言う。

突然立ち上がると、伊丹は尊の腕を取って部屋の外に引っ張り出した。肩を掴んで廊下の壁に押しつける。

「このままじゃ、長谷川副総監たち、不起訴になっちまいますよ」

伊丹の言葉に、尊は唇を嚙んだ。

そんなことが許されていいはずはない。しかし、どうしたらいいのかわからない。

「なんとか出来ないんですか？」

逆に、伊丹に訊いた。

「肝心の録音が証拠じゃなくなったら、手も足も出ませんよ」

「誰か他の部長なら、籠城のときの八重樫の様子を証言出来るんじゃゃ……」

「無理でしょうね」

伊丹は、悔しそうに首を振った。

「あの場にいた全員が、告発文とやらを握り潰したんでしょ？　みんな共犯なんですから」

そうだった。幹部たちは運命共同体のようなものだ。誰かが抜け駆けするとは思えない。土壇場で形勢が逆転してしまった。

――この勝負、小野田の勝ちなのか？

さっき見たばかりの、圭子の美しい笑みが頭に浮かんだ。

――彼女に再び苦しい思いをさせるわけにはいかない。

尊は拳《こぶし》を握り締めた。

――絶対小野田の思い通りにはさせない。しかし、どうやって……。

ドアが開き、右京が出て来た。手には携帯を握っている。

「行きましょう」

尊に声をかけ、歩き出す。

憮然《ぶぜん》とした顔つきで立ち尽くしている伊丹に軽く手を挙げると、尊は後を追った。

「どうするつもりです」

小走りに廊下を進みながら訊く。

「これからは、警察庁に行っても面会を拒否されるかもしれません。話せるのは今しかありません。こうなったら、首謀者と直接話さなければラチが明きませんからね」

いつもとは違う、切羽詰まったような口調で右京は言った。

8

「官房長」

警視庁の地下駐車場で、公用車に向かって歩いていた小野田を、背後から右京が呼び止めた。ゆっくりと小野田が振り返る。

右京と尊が足早に近づき、小野田の前に立った。

「何の用?」

いつものように、とぼけた顔で訊く。

「長谷川副総監は、警察庁と金子長官に反旗を翻そうとしていたはずです。官房長が逮捕を止《や》めさせる理由が判りません」

まくしたてるように右京が言う。

「何事も、やり過ぎはよくないから」

「やり過ぎ、って……。どういうことです」

尊の問いに、

「なるほど」

小野田ではなく右京が答えた。

「警視庁のナンバー2が庁内で殺人となれば、警察の威信に関《かか》わります。それを避け、なおかつ副総監一派に多大な貸しを作り、首根っこを押さえたまま飼い殺しにする。そういう計画でしょうか」

「ほら、杉下警部はわかってくれたみたい」

尊に向かって、小野田が肩をすくめる。

「ですが、あなたは間違っています」

強い口調で右京は言った。

「また正論？　懲りないねえ」

「そうまでして、何を企んでいるのですか？」

「この前話した、大きな動き、覚えてるかな」

そこで小野田は、もったいつけるように少しだけ間を置いた。

「警察庁を、警察省に格上げしようと動いているんだ」

「警察省……」

尊は眉をひそめた。

——それが小野田や金子長官の狙いか。

「防衛省と同格になれば、公安だってもう少し役に立つようになるでしょ」

「それが官房長の描く、警察組織の未来ですか」

「当然警察キャリアは嫌がるよね。なんたって、省ともなればトップは大臣。政治家が上に乗ることになるんだから」

「だから、長谷川副総監たちは反対を」

「だからこそ、粛清も必要なわけ。この国の警察をよくするためには、個人がどうのといっている場合では、最早ないんだから」

「大局的な見地、というわけでしょうか」

右京は目を細め、小野田を見据えた。

「ほら、そんな目で見る」

小野田が小さく息をつく。

「判ってますよ。やり方が多少は強引だってこともね。当然、自覚はあるんだから。自分が全面的に正しいなんて思っちゃいない。そもそも全面的に正しい人間なんて、この世にいない。つまり、お前だって間違ってる。なのに、それを自覚していない分、質《たち》が悪い」

「これが、官房長の正義なんですか？」

尊が訊いた。

――こんなものは正義ではない。

「杉下の下について、ずい分青くなっちゃったね」

小野田は、薄い笑いを尊に向けた。

「正義の定義なんて、立ち位置で変わるもんでしょ？　まさか絶対的な正義がこの世にあるなんて思ってる？」

――絶対的な正義はこの世に存在するのか。

答えられなかった。尊は目を逸《そ》らした。

「もういいよね。車、待たせてあるから」

右京は、まだじっと小野田を見つめている。

「もう、いいよね！」

駄目を押すようにそう言うと、小野田は歩き出した。公用車の横に立ち、後部ドアに手を伸ばす。

「絶対的な正義があるのかどうかは別にして……」

右京の言葉に、小野田は振り返った。

「人の持つ強い思いは、変えることが出来ません」

「なんのこと？」

「八重樫さんは、自分の命を賭《と》してまで真実を明らかにしようとしました。その思いは、朝比奈圭子さんに受け継がれています」

「朝比奈圭子ねえ……」

小野田の唇が微かに歪んだ。

「朝比奈さんは、すでに出頭しています。全ては裁判の場で明らかになるでしょう」

それには応えず、小野田は車に乗り込んだ。右京も踵《きびす》を返す。

尊は、その場を動けなかった。

——本当に真実は明らかになるのだろうか。

遠ざかる小野田の車と右京の後ろ姿に交互に目をやりながら自問した。

七年前の偽テロ事件について、上層部は間違いなく全力を挙げて揉《も》み消そうとするだろう。結局真実は曖昧《あいまい》なままにされ、誰も罰せられずに幕が引かれてしまうのではないか。

——でも、杉下さんもまた決してあきらめないだろう。

今度こそ小野田は、全力で杉下右京を叩き潰そうとしてくるかもしれない。そのとき、自分はどちらの立場を取ったらいいのか……。

——大局的正義と絶対的正義か。

小さくなる右京の背中を見つめながら、尊は息をついた。

エピローグ

『警視庁副総監謎《なぞ》の失踪《しっそう》』

新聞の一面に、大きな見出しが躍っている。

朝刊を何紙か小脇に抱えてエレベーターを降りると、尊は足早に廊下を進んだ。

組織犯罪対策課のフロアは異様な喧騒《けんそう》に包まれていた。もちろんここだけではない。

警視庁全体がてんやわんやの大騒ぎになっている。

興奮した顔つきで話しかけようとする角田課長を黙ったまま手で制し、尊は真《ま》っ直《す》ぐ特命係の部屋に入った。

デスクには、すでに右京がいた。紅茶カップを手に椅子《いす》の背にもたれている。

「もちろん、ご存知ですよね」

尊の言葉に、

「はい？」

いつもと変わらぬ様子で振り向いた。

「長谷川副総監が、クルーザーで海に出たまま戻らないことです」

「もちろんです」

右京は小さくうなずいた。

「自殺でしょうか。自分の手で事件に幕を引くために」

「さあ」

今度は首を振る。

「でも、このままでは……」

「このままにはさせません。これでは何の解決にもなっていません」

ゆっくりと、しかし、力の籠《こも》った口調《くちょう》で右京は言った。

予想はしていた。しかし、全く揺るがないその態度に、一瞬尊は唖然《あぜん》となった。

悠然《ゆうぜん》とカップに口をつける姿を見ていると、右京の頭の中にはすでに、彼が得意とするチェスの戦略さながら精密に、これからのシナリオが描かれているのではないかと思えてきた。

――僕も、駒のように杉下さんに操られてしまうんだろうか。

　ふとそんな考えが浮かび、思わず苦笑する。

　微《かす》かに首を傾《かし》げる右京に向かって肩をすくめると、尊は、手にしていた新聞をゴミ箱に放《ほう》り込んだ。

――本書のプロフィール――

本書は、映画「相棒―劇場版Ⅱ―」（脚本／輿水泰弘、戸田山雅司）を原案に、著者が書き下ろした作品です。

小学館文庫

相棒《あいぼう》—劇場版《げきじょうばん》II—

著者　大石直紀《おおいしなおき》
映画脚本　輿水泰弘《こしみずやすひろ》　戸田山雅司《とだやままさし》

二〇一〇年十一月十日　初版第一刷発行

発行人——————飯沼年昭
発行所——————株式会社　小学館
〒一〇一-八〇〇一
東京都千代田区一ッ橋二-三-一
電話　編集〇三-三二三〇-五一二二
　　　販売〇三-五二八一-三五五五
印刷所——————図書印刷株式会社

この文庫の詳しい内容はインターネットで24時間ご覧になれます。
小学館公式ホームページ　http://www.shogakukan.co.jp

ISBN978-4-09-408558-7